旅をすることでしか、
出会えない世界があります。

有一個世界，
只有透過旅行才能遇見。

再見了，過去的我

さようなら、私

小川糸

王蘊潔——譯

CONTENTS

追尋恐龍的足跡

飛機餐難吃到爆炸。

空服員問我要吃雞肉還是魚，我猶豫了一下，回答說要魚。這個回答似乎就是錯誤的起點。餐盒裡的魚根本不知道是什麼東西，簡直就像是把品質低劣的衛生紙吃進嘴裡。餐盒內的黃色米飯可能是番紅花飯，但是飯粒稀稀爛爛，越吃越倒胃口。抱著最後一線希望拿起的麵包，也令人大失所望，忍不住懷疑在當今這個時代，到底有什麼辦法可以做出品質如此低劣的麵包。只有沙拉中的小番茄，勉強維持了正常的味道。

面對根本沒什麼吃，幾乎原封不動的餐盤，我感到不知所措，然後發現自己搭上這班飛機就是錯誤。我當然知道整件事的來龍去脈。早知道當時不應該答應這件事。我很想馬上跳下飛機回日本。

但是，班機正從韓國飛往中國的方向，前方的螢幕上顯示了「天津」和「大連」這些好像曾經聽過的地名，目的地是烏蘭巴托的成吉思汗國際機場。

十天之前，我做夢也沒有想到，自己竟然會去蒙古。

「美咲！」

這一天，我回到了三個月沒回的老家，走在商店街上。我在千葉的一個很小的港口城市出生、長大。這裡雖說是商店街，但幾乎所有的店都拉下了鐵捲門。

叫我的那個聲音從頭頂上傳來，我抬頭張望，想知道是誰在叫我，看到一個身穿燈籠工裝褲的男人正在向我揮手。但是，我想不起有哪個朋友在當建築工人，而且因為背光的關係，完全不知道對方是誰。當面問對方是誰似乎有點失禮，所以我悶不吭氣地站在原地。

「美咲，是我啊，妳的老同學成哉！國中的時候，我們經常玩在一起。」

對方抱著電線杆大聲對我說。

成哉？他是高梨成哉？我微微張大了嘴巴，愣在那裡好幾秒鐘，完全說不出話。我當然認識成哉，而且對他太熟了。只不過我實在無法把我認識的成哉，和眼前這個輕鬆站在電線杆上的成哉連在一起。

「我聽說你已經收到了一流企業的錄取通知……」

我陷入茫然，好不容易擠出這句話，但是，我說話似乎太小聲，沒有傳到成哉的耳裡。

「等一下就是我的休息時間，妳先去櫻桃花園等我一下！」

成哉說了一家令人懷念的咖啡店名字。我以前很嚮往那家咖啡店，所以聽到這個店名有點害羞。

我高舉雙手比了一個圓，表示我瞭解了。突然在這裡和成哉重逢，有一種穿越時空的感覺。

等了十五分鐘左右，成哉滿頭大汗地走進了櫻桃花園。不光是臉而已，我猜想他渾身都在冒汗，光是看著他的臉，就可以感受到熱氣撲來。他可能察覺了我的想法，用掛在脖子上那條溫泉旅館常用的薄毛巾拚命擦著額頭的汗水走過來時說：

「我有點汗臭味，請妳忍耐一下。」

「你曬得好黑啊。」

雖然成哉以前就不屬於文弱書生的類型，但是出現在眼前的他充滿野性的味道，好像長相都和以前不一樣了。我記憶中的成哉雖然運動能力不差，但屬於文質彬彬、清新爽朗的年輕人。

「因為我在當建築工人啊。」

成哉笑著說。雖然他的外型和以前判若兩人，但笑容仍然是我熟悉的成哉，頓時胸口產生了好像被橡皮圈綁緊的懷念感覺。

成哉說他目前在當建築工人時的態度，感受不到絲毫的自嘲，我暗自鬆了一口氣。因為我之前聽說他大學畢業後，被一家大型廣告代理公司錄取，當時我還覺得成哉果然很厲害。成哉當年是我就讀的那所國中的學生會長，之後考進了排名第一的縣立高中，大學也是讀一流的國立大學，結果現在當建築工人。

雖然我有一大堆疑問，但我們必須先談論更重要的話題，我們對這件事很有默契。當時我們經常玩在一起的小團體中，有一個人在今年春天走上了絕路。我們無法輕易為重逢感到高興。成哉咕嚕咕嚕地一口氣把杯子裡的水喝完了，似乎終於感到涼快了些。他先開了口。

「美咲，所以妳也會出席嗎？」

他猜到了我回到老家的理由。

「你呢？」

我仍然對直接叫他的名字感到不太自在，但還是問了這個問題。他看起來還想喝水，於是我就把我那杯還沒有喝過的水遞到他面前。

「嗯，我原本也打算出席，但我臨時要回老家一趟，所以必須做很多準備工作。」

我聽不懂他說回老家是什麼意思，猜想可能他要去祖父母的家，但我並沒有追問。因為我覺得現在岔題，恐怕一輩子都無法再聊這個話題了。有一件必須用嚴肅的心情面對的大事擺在我們面前。

「因為太突然了，我超驚訝。」

其實那件事根本無法用這一句話道盡。

「我也是。」

「你和山田常見面嗎？」

「我和他高中也讀同一所學校，但是在上了大學之後，幾乎就疏遠了。」

「我在國中畢業之後，可能就沒再見過他。不對，我有一次曾經在路上遇到他，他和女朋友在一起，我們只是用眼神打了一下招呼。」

「這就是妳最後一次見到山田。」
「是啊，但是……」
完全沒想到他竟然自殺了。我在內心嘀咕這句話時，就有一種莫名的情緒湧上心頭。同世代的人基於自己的意志結束生命這個事實，也許對二十二歲的我造成的震撼比我想像中更劇烈。所以，這三個月期間，我反而不願正視這件事。而且，我是因為接到家裡的電話，得知山田自殺的消息，而且是我媽接到電話，所以我至今沒有和任何人談過這件事。成哉是第一個和我談論山田的人。
「我聽到消息時也超受打擊，完全沒想到他竟然會自殺。我去了守靈夜，但實在太難過了，最後沒有看他的臉一眼，事後一直超後悔，為什麼沒有好好看躺在棺材中的他一眼。」
成哉順手用毛巾擦著眼角，我不知道他擦的是汗水還是淚水。
「雖然我也收到了守靈夜的通知，但最後還是無法參加。因為剛好是我公司入職典禮的前一天，沒辦法趕回來，所以我打算這次回來參加告別式。」

山田在即將踏入社會的幾天前自殺身亡。其實如果我有意願，完全可以趕回來參加守靈夜和葬禮，我只是覺得很麻煩，而且也沒有像樣的喪服，又不想臨時去買便宜貨的喪服湊合。

「想當初，我們曾經那麼要好。」

成哉小聲地說，似乎看透了我的心思。

「是啊，我也覺得自己很薄情寡義，很討厭這樣的自己。」

這時，成哉點的香蕉汁送了上來。老闆應該早就忘了我們。當時應該沒有人會想到，七年後，玩在一起的成員中的某個人會離開這個世界，就連山田自己也無法想像。

成哉不時瞥向店裡的鴿子時鐘，一口氣喝完了香蕉汁。他沒有用吸管，拿起杯子直接大口喝完了。

「美咲，對不起，我必須回去工作了。」

他把喝完的杯子放回桌子後，快速對我說。他的嘴角沾到了香蕉汁。

其實我很想和成哉多聊一會兒，但是我想不到任何挽留他的理由。雖然只要回去翻畢業紀念冊，就可以找到他老家的電話。正當我在思考該怎麼辦時，成哉突然對我說：

「如果妳時間方便，要不要去見我的義父母？」

他向咖啡店老闆借了筆，拿起桌上有點受潮的餐巾紙，寫下了電話號碼交給我。

「這是你家的電話？」

「對，因為我沒有手機。」

「你還是沒有手機啊。」

我這句話中有很多含義。因為我不禁想起成哉當年特地跑去附近的公用電話打電話給我的往事，下一剎那，我就像中了邪似的回答說：

「不然就去看看吧。」

義父母是什麼意思？他們住在哪裡？我完全沒問這些事，就答應了成哉的邀約，連我自己都搞不清楚為什麼。也許是想要稍微改變一下內心揮之不去的混沌景色，而且反正我有大把時間。

那時候，我有一種豁出去的想法，但又補充說明了一件重要的事。

「但是我有言在先，我不會笑。我已經決定，一輩子都不會再笑了。」

這也是我第一次在別人面前說出這件事。幾天之前，我作出了這樣的決定，而且在決定之後，這幾天我真的完全沒笑。

原本以為成哉會笑我、罵我，或是教訓我一頓，沒想到他只是很乾脆地回答說：

「沒問題。」

我甚至不太清楚他是否清楚接收到我想要傳達的意圖。他說完這句話，就匆匆回去工作了。

我獨自坐在櫻桃花園窗邊的座位，喝著當時覺得太苦而不敢喝的黑咖啡，目送成哉的背影。我們到底怎麼了？成哉放棄了大型廣告代理公司的工作，成為建築工人。我在幾天前，向學生時代就開始打工，最後終於如願成為正式員工的出版社遞了辭呈。畢業之後，我只在那裡工作了短短不到三個月的時間。我們這個世代的人果然都是不爭氣的廢柴嗎？努力多年，好不容易如願成為編輯，最後竟然自己放棄了那份工作。

但是我完全沒想到，成哉的義父母竟然是蒙古人……

參加山田的告別式那一天，我提早離開了。在走回老家的路上，打電話給成哉時，才第一次聽說這件事。

「蒙古？！？」

我的聲音在初夏的步道上迴盪。

「對，蒙古。」

「你說你的義父母在蒙古嗎？」

我還是無法理解，於是繼續追問。

「詳細情況到那裡再向妳說明，其實我身上有一半是游牧民族的血液。」

成哉一派輕鬆地說。

「游牧民族……」

我實在太驚訝，說話越來越小聲。成哉的嘴巴接連吐出了蒙古、游牧民族這些我以前從來沒想過的詞彙，我根本不知道該如何平靜內心的慌亂，但是成哉似乎完全沒有感受到我的心慌意亂。

「夏季的時候，成田每週有兩班往烏蘭巴托的飛機，我訂了後天的班機，不然妳就搭一個星期後同一班飛機，剛好可以趕上參加那達慕節。」

我連蒙古和游牧民族還沒搞清楚，根本聽不懂那達慕節是什麼，但是事到如今，我不可能對成哉說，如果要去蒙古，我可能沒辦法。因為我可以感受到成哉對蒙古和游牧民族的嚮往。

「那我就先飛過去，到時候會去機場接妳。」

成哉很快就掛上了電話。他似乎至今仍然不習慣和女生在電話中聊天。

接下來的一切進展神速。成哉向熟識的旅行社為我訂了便宜的機票，然後率先出發去了蒙古。我則是心不甘情不願地開始把行李塞進行李箱。

這是我第一次自己一個人出國旅行，照理說心情應該更愉快，但我始終無法擺脫內心隱約的不安。如果有人當面阻止，叫我不要去那種地方，我應該會馬上取消去蒙古的行程。

但是，在內心深處的某個角落，我一直、一直很希望去遙遠的地方。

遠走高飛。我帶著一線希望，獨自在成田機場搭上了飛機。但是飛機餐太難吃，坐在後面座位的小孩子又像九官鳥一樣聒噪，旁邊座位的蒙古男人身上的香水味濃得嗆鼻，人生第二次的出國旅行簡直比糟透還要糟。

順利完成了入境證件查驗，領到了行李，走向機場出口時，看到了來接機的成哉。起初我沒有認出是他，因為他穿了用富有光澤的布料做的、像睡袍一樣的民族服裝。

「美咲！」

聽到有人大聲叫我的名字，轉頭一看，發現成哉站在那裡。在發現他是成哉的瞬間，繃緊的神經終於放鬆，差一點笑出來，但我已經緊緊鎖住了自己的心，不允許有絲毫的鬆懈。

「嚇了我一跳，你看起來像蒙古人，我完全沒認出來。」

我表達了真實的感想。

「所以我之前就說了，我也是蒙古人。先介紹一下，他是我的兒時玩伴。」

成哉說到一半，把站在他身旁的小個子男人介紹給我。

「我是終生的、秘密。」

理著龐克頭的娃娃臉男人用結結巴巴的日文自我介紹著。

「終生的、秘密？」

我聽不懂他在說什麼，忍不住反問。

「他的名字叫莫夫諾茲，在蒙古語中，莫夫代表終生、一輩子的意思，諾茲是秘密的意思。這個名字很稀奇，所以我都叫他秘密。這次他會開車帶我們到處走走。」

秘密一身時下年輕人的打扮，和成哉完全不一樣。如果不說的話，看起來和日本人沒什麼兩樣。

「秘密目前在讀音樂大學。」成哉告訴我。

「我叫美咲，是成哉的朋友，請多指教。」

我放慢說話的速度，用日語向秘密打招呼。秘密靦腆地笑了起來，然後單手輕輕鬆鬆地拎起了我帶來的沉重行李箱。

「車子停在對面。」

我跟在成哉身後走出機場。抬起頭，第一次看到的蒙古天空色彩很淡，清淨得驚人，那是經常用在嬰兒用品的水藍色。我邊走邊抬頭看著天空出了神。

「這叫蒙古藍。」

成哉用好像在吹口哨般輕快的聲音告訴我。

「蒙古藍。」

我也用好像在吹口哨般的聲音重複了一次。

我們一起坐上車，準備先去見成哉的義父母。

沒想到烏蘭巴托這個地方比我想像中更都市化，有很多超市，來到市中心後，到處可以看到大招牌，也看到了高級精品的招牌。原本我以為這裡是更冷清的城市，所以意外感到驚訝。

「這裡的人都很時尚。」

走在街上的行人都抬頭挺胸，巧妙搭配以黑色和白色為基調的服裝。不知道現在是否流行合身的設計，蒙古人身上的衣服都充分襯托出他們的好身材。

「現在的人覺得穿德勒很土。」

成哉吹著從敞開的車窗吹進來的風，瞇起眼睛說道。

「德勒是什麼？」

「就是我現在穿的蒙古袍。」

「我覺得穿在你身上很好看啊。」

「妳這麼說，我真是太開心了。蒙古袍胸口的地方有口袋，什麼都可以放進去，完全符合游牧民族的生活。」

成哉說的話立刻被風吹走，變成了過去式。因為沙塵很嚴重，我從口袋裡拿出手帕，用力捂住了口鼻。

「烏蘭巴托人口增加，空氣污染很嚴重。」

我再次看向街頭，兩旁的建築物都是粉彩色，很像歐洲的風景。招牌上寫的文字可能有點像俄文。這時，成哉看著秘密，用蒙古話不知道說了什麼。

我第一次聽到成哉說蒙古話，看著他說話的樣子，終於相信他真的是在蒙古長大的。

「成哉，你在蒙古住到幾歲之前？」

因為風聲很大，說話聽不清楚，我只能大聲問他。

「這個問題很難回答。其實我並不是一直住在這裡，而是來來去去。簡單地說，我媽以前研究蒙古的藥草。」

「你媽媽？我記得她目前在大學當老師？」

成哉媽媽在我們同學中很有名，尤其每次教學參觀日時，班上的男生就很喜歡偷看他媽媽。

「雖然這裡現在變成了妳看到的樣子，但當時蒙古還是社會主義的時代，無法讓外國人輕易入境。但我媽是那種一旦決定，就會不遺餘力往前衝的人，她謊稱是來觀光，所以三不五時來這裡。只不過她並不能自由地想去哪裡就去哪裡，在旅行過程中，都隨時有美其名為導遊的人在一旁監視她。只不過我媽後來和導遊混熟了，那個導遊也會帶她去固定行程以外的地方。有一天，她愛上了游牧者，然後就有了我。」

「好猛喔，簡直就像童話故事。是你媽親口告訴你的嗎？」

「是啊，因為只有她本人才知道這件事。」

「所以，我們等一下要去見你爸爸的父母嗎？」

「不，並不是妳想的那樣。那個年代不是沒有手機嗎？游牧民族是以游居遷徙的方式生活，我媽隔年又去找我爸爸，結果我爸爸似乎又搬去其他地方，所以就沒有見到。等一下要去見的人和我的父親沒有關係，是我媽每次來蒙古時，都很照顧她的夫妻。我媽生下我之後，也經常來蒙古，然後在我三歲還是四歲的時候，蒙古民主化了。

我在讀幼兒園時，我媽每次來這裡，我都會跟她一起來，然後住在那對夫妻家裡。上了小學之後，每次春假、暑假和過年的時候，都會來蒙古。之後，當我可以自己搭飛機後，就不需要任何人陪同，自己飛來這裡。那時候我經常和秘密一起玩，秘密是我們等一下要見面的義父母小兒子的兒子。」

「原來你真的是在蒙古長大的！」

我驚愕地強調著。

「我不是說了嗎？我身上流著游牧民族的血液。」

成哉也大聲說話。不一會兒，車子駛入了沒有鋪柏油的泥土路，車身用力搖晃，身體也跟著不停跳動，根本沒辦法聊天。我緊緊抓住車子的扶手。放眼望去，周圍都是低矮的山丘，車子開了一程又一程，周圍的景色仍然沒有改變。

我擔心一直看著車窗外會暈車，於是閉上了眼睛。秘密繼續悠然地握著方向盤。這裡根本沒有路，但車子仍然持續開往目的地。雖然我有點不安，擔心他是否迷了路，但似乎是杞人憂天。

「先在這裡休息一下。」

聽到成哉說話的聲音，我回過神。

「美咲，妳睡得真熟。」

我並不覺得自己睡著了，但也可能在不知不覺中打了瞌睡。車子的搖晃把我的五臟六腑都震得錯位了。

「下車走一走很舒服。」

聽到成哉這麼說，我打開了車門，臉頰立刻感受到冰冷的空氣。

「好冷啊。」

一下車，我立刻張開雙手深呼吸。

目光所及，盡是茫茫的大草原。我以為自己來錯地方，站在月球表面。除了我們以外，完全看不到其他人影。太陽應該快下山了，天色有點昏暗。

「妳看，那裡有羊群。」

成哉指著遠方的山丘說，但是我完全沒看到。

「就是那群有黑點和白點的地方。」

成哉指著很遠的地方。

「有一個男孩正在趕羊，把牠們趕進自家的羊圈。」

「你視力真好。」

我這幾年視力越來越差。

「妳在這裡經常看遠處，視力也會變好。」

「這個不重要，還有多久才會到？」

我的膀胱快撐不住了。

「這個問題問蒙古人也沒用，因為只能順其自然。」

「但是……」

我結巴起來。

「如果妳想上廁所，反正在這裡都只能隨地解手，所以妳就隨便找個妳喜歡的地方解決。」

成哉一臉爽朗的笑容回答。聽到他這句話，剛才幾乎快憋不住的尿意突然縮了回去。

「但是，隨便找個地方，不是會被看光光嗎？」

如果要越過那個小山丘，恐怕要走很久。

「不，並不是妳想的那樣。雖然這片草原看起來很平坦，但其實有微妙的起伏，根本看不到。我和秘密會看其他方向，所以妳不必擔心。等一下還要繼續一路顛簸。」

「好吧。」

我只能勉為其難走向山丘的方向。雖然成哉說在旁邊隨便找個地方就可以，但我還是不願意就近解決。我很想走去山丘的另一端，但是走了很久，仍然離山丘還有一大段距離。回頭看向後方，發現已經離車子很遠了，可以隱約看到成哉和秘密兩個人的身影站在車子附近。

他們似乎在玩相撲，兩個人的歡笑聲響徹大草原。我在草叢中找到一個小坑洞，就蹲下來解決了。抬頭一看，天空染上了粉紅色，第一顆星在天空中閃爍。長大之後就沒有過的隨地解放，比想像中更暢快、更舒暢。我回到車上後，秘密載著我們直奔成哉的義父母家。

當我從車窗看出去時，忍不住驚叫一聲。

「哇！」

我太驚訝了，忍不住發出了奇怪的聲音。

「怎麼了？」

成哉回頭看著我。

「我剛才看到一具屍體，有一半已經變成白骨了。」

雖然我只看到一眼，但那是很大的動物，就這樣躺在地上。如果這種景象出現在東京的澀谷街頭，一定會引起轟動。

「剛才的是牡馬。」

成哉說完，又用蒙古話對秘密說話。兩個人都大笑起來，然後成哉又回頭對我說：

「他說如果妳想看，可以把車子開回去剛才的地方。」

「不必了。」

我看著秘密的方向強調著。我並不是想看，只是被嚇到了。

「在這裡，動物死了之後就回歸大地。雖然現在流行火葬，但之前人死了之後，也是這樣放在地上，回歸大自然。美咲，妳有沒有聽過鳥葬？」

「鳥葬？」

「對，就是藉由鳥啄食的葬法，鳥葬。我很希望自己死了之後，能夠用這種方法回歸大自然。但是，目前人類的飲食中也加了防腐劑之類各種添加物，所以聽說鳥也不再吃人類的屍體。」

我從來沒有思考過自己死後的事。

「我覺得這樣似乎很不錯。」

雖然第一次看到動物的屍骨時大吃一驚，但也許用這種輕鬆的態度迎接生命的最後時光，也是一種幸福，至少勝過山田離開世界的方式。這種想法像一陣輕風，掠過我的心頭。

山田跳鐵軌自殺，我忍不住想像他應該身首分離，面目全非。相較之下，馬的死法健全多了。但是，我並沒有和成哉聊山田的事，搞不好成哉也在想同一件事。

「快到了。」

秘密用蒙古話說完，成哉為我翻譯。太陽幾乎已經下山了。這裡完全沒有照亮道路的路燈，正確地說，這裡連路都沒有。天黑之後，周圍伸手不見五指，應該就沒辦法開車吧。因為放眼望去，完全沒有任何印記，彷彿在地球表面流浪。

車子來到某個地方後突然停了下來。用白色帳篷布蓋住的圓錐形建築物孤伶伶地出現在眼前，想必那就是摺疊式住宅蒙古包。

不知道是否聽到了車子的聲音，一個中年女人從蒙古包走了出來。接著，一個中年男人也跟了出來。一看到成哉走下車，兩個人立刻興奮地叫了起來，緊緊擁抱個子高大的成哉。他們真的就像是一家人。不，比真正的家人更熱情。我不敢輕易闖入他們溫馨的世界，獨自孤伶伶地站在昏暗的草原上。

成哉終於想到我，向我招了招手。

「美咲！」

他大聲叫著我，我走了過去。成哉似乎正在用蒙古話向他的義父母介紹我。

「歡迎。」

義父用不流利的日語對我說，義母用雙手捧著我的臉頰。

「他們說氣溫降了，先進去再說。」

成哉為我打開了蒙古包的門。我彎腰鑽進了門，裡面一片漆黑，蒙古包外還比較亮。蒙古包只有一個圓形的天窗，可以看到深藍色清澈的夜空。

我對這就是家這件事感到驚訝，但是實際走進蒙古包後，發現比在外面時感覺空間更大。

「他們很高興妳來這裡。」

在昏暗中勉強可以看到成哉的身影。他正用手梳理著頭髮，義母立刻端上裝在碗裡的熱茶，義父伸出手，啪地一聲，打開了開關，掛在天花板上的燈泡亮了起來。那是一盞日本稱為燈泡的小燈，我猜想這裡的電力應該很寶貴。義母遞給我的茶似乎是很淡的奶茶，帶有淡淡的鹹味，我覺得更像是湯。

之後，義父興奮地用蒙古話一個勁地說著什麼，然後又不知道從哪裡拿出了酒瓶，為成哉倒了酒。我發現秘密不知道什麼時候不見了，成哉剛才說，秘密是成哉義父母的孫子。

他們也把裝了酒的杯子遞到我面前，我喝了一口，簡直就像火球在肚子裡炸裂的感覺。

「這裡的人稱這種酒為阿日希酒，其實就是伏特加。」

成哉盤腿坐著，好像在自己家裡一樣輕鬆自在。義母把砧板放在床上，在昏暗中開始做料理。成哉立刻站了起來，為爐灶中的燃料點了火，蒙古包內頓時變得溫暖起來。義父喝了酒後似乎心情大好，自己拍著手，唱起了歌。

成哉有時候也會跟著唱幾句，我感受著仍然殘留在舌尖上的阿日希酒餘韻，怔怔地看著一家三口模糊的身影。義母從剛才就專心地切著蔬菜。

也許是因為舟車勞頓太累了，成哉被搖了幾下，才猛然醒來。他似乎坐著睡著了。

「美咲，我媽說飯煮好了。」

蒙古包內比剛才更黑了，雖然亮著小燈泡，但幾乎無法發揮作用。我瞪大眼睛定睛細看，發現小桌子上已經準備了晚餐。不知道為什麼，只有我的飯做成乳房的形狀，中央還擠了看起來像乳頭的番茄醬。用米飯做成的乳房周圍是看起來像炒肉的炒菜。我轉頭一看，只有我和成哉的碗裡有菜，義父和義母只有白飯。

因為我幾乎沒有吃飛機餐，肚子餓壞了，但是我只吃了一口菜，頓時食慾盡失。想到這是義母辛苦做的菜，不禁難過起來。

我面對一隻手有點拿不太動的滿滿白飯和菜餚，有點不知所措。

「游牧民族平時幾乎不吃蔬菜，今天因為我們要來這裡，所以他們特地去鄰村買了蔬菜。」

我慢吞吞地吃著飯，成哉豪邁地大口吃著。

「不吃蔬菜也沒問題嗎？」

我小聲耳語般問。

「據說義父的爸爸臨死之前，一輩子都沒吃過蔬菜，但他們會吃動物的內臟，還有乳酪和優格等乳製品補充。雖然在吃飯時說這些有點噁心，因為有肉類的纖維，所以這裡的人並沒有便秘的問題，真的很不可思議。」

成哉告訴我。

「我有點難以相信，有人一輩子都不吃蔬菜。」

我和成哉聊天時，總算吃完了一半的飯菜。雖然不知道那是什麼肉，但肉本身有獨特的腥味，破壞了馬鈴薯、地瓜等其他蔬菜的味道。如果把肉挑出來，我應該有辦法把其他的都吃完，但是因為光線太暗了，根本看不清楚。我無法再吃了，但又不能把剩下一半的飯菜放回桌上，所以不知如何是好。

「美咲，妳該不會已經吃飽了？」

成哉及時救援。

「可能我在飛機上吃了太多飛機餐。」

我隨口說謊掩飾。

「那就給我吧。」

成哉語氣開朗地說完，拿起了我的碗。抬頭一看，發現義父和義母都盯著我看，視線簡直就像穿進我的身體。我覺得他們似乎識破了我的謊言，突然感到很心虛。

「謝謝款待。」

我出聲說道，然後把空碗放回了桌子。

成哉吃完後，義母俐落地開始收拾，大家似乎準備上床睡覺了。義父也開始換衣服。我走出蒙古包刷牙。

太陽的餘韻已經完全消失，天空已是一片深藍色的夜幕。無數的星星點綴著夜幕。原來天空中有這麼多星星，東京的夜空中看不到這些星星。我覺得覆蓋在心靈表面，好像膜一樣的東西被撕下了一層。

走到離蒙古包有一小段距離的地方，可以更清楚地看到夜空。成哉剛好走出蒙古包，我大聲對他說：

「太美了，我從來沒有看過這樣的星空。」
「是啊是啊，一直住在這裡，就覺得習以為常。從日本剛來這裡時，每次看到，都覺得很震撼。」
看著夜空，心就徹底放空。身體彷彿漸漸變成了像砂子般細微的粒子，融入了星星的縫隙。我好像被某種神秘的力量吸引，在周圍走動起來。我太興奮，幾乎快暈眩了。
「不要走太遠了！」
身後傳來成哉的叫聲。
「好啦。」
我不置可否地回答，回頭一看，發現變小的蒙古包輪廓出現在和我想像中完全不同的方向。
我蹲在地上刷牙。從成田機場飛到這裡只要四個半小時，這麼短的時間，就可以來到這片大自然之中。這件事讓我感到極度不可思議。我用寶特瓶裝的水漱了口，然後嘗試了來到蒙古之後的第二次隨地解放。
毫無顧忌地邊尿邊抬頭仰望的夜空太棒了。我真想把這泡尿淋在剛辭職的公司上司身上。

回到蒙古包內，所有人都已經做好了睡覺的準備。成哉把吃飯時用的桌子移到一旁，在那裡鋪了睡袋。我以為我也要睡在睡袋裡，沒想到義母把她的床讓給我睡，她去和義父擠在同一張床上。我慌忙隨便換了件衣服，鑽進了被子。被子有濃濃的野獸味道。

「晚安。」

成哉小聲說完，關掉了小燈泡。我躺下來後發現，那張床是彎的。我很擔心躺在這種床上無法入睡，而且我也有點在意義父和義母躺在同一張床上。雖然我不知道他們的正確年紀，但並不算太老，如果他們突然產生了興致怎麼辦。這麼一想，連我自己都有點心神不寧起來。只不過只有在剛躺下時這樣東想西想，不一會兒，聽著風吹動蒙古包外帳篷布聲音的催眠曲，進入了夢鄉。當我一覺醒來，發現已經是早上了。

其他人似乎都還沒起床。我躡手躡腳，盡可能不發出聲音，悄悄走出了蒙古包。太陽剛好從東方的天空探出頭。刺眼的朝陽下，我忍不住瞇起眼睛，在蒙古包周圍走了一圈。昨天沒有發現，現在才看到我的蒙古包旁邊還有另一個蒙古包。雖說是旁邊，但距離有兩百公尺或是三百公尺左右。我搖搖晃晃地走去那裡，看到秘密正在照顧馬。

「早安。」

我在他身後輕聲打招呼。

「妳、有沒有、睡好？」

他結結巴巴地用日語問我。

「有。」

我簡短地回答，秘密笑了起來，然後繼續照顧馬。他用手指梳理了馬匹頭頂的毛，然後綁成麻花辮。我在日本從來沒有看過馬的這種髮型，所以好奇地看著秘密的手。

「馬、很漂亮吧？」

秘密用沒什麼自信的聲音再度對我說話。我一臉陶醉地注視著眼前這匹馬，代替了我的回答。馬真的很美，尤其是眼睛，漆黑的眼睛清澈無比，好像能夠看透所有的真相，但是眼神又那麼溫柔，對所有的事物完全沒有絲毫的批評。

雖然我不知道秘密是否聽得懂英文，但我用英文對他說，祝他有美好的一天。秘密可能聽懂了，向我舉起一隻手，露出了微笑。回到蒙古包時，發現義母已經起床了，摺好了我睡的床上的被子。成哉和義父仍然睡得很熟，雖然他們沒有血緣關係，但是他們的睡相竟然很像，感覺很有意思。

義母叫了我一聲「美咲」，於是我走出蒙古包，發現她拎著水桶在等我。昨天沒有發現，原來附近有一條河，她邀我一起去汲水。

走去河邊時，義母輕輕牽起了我的手。我最後一次和親生母親牽手是什麼時候？在我升上國中時，母親和現在的老公再婚了。我和母親之間也因為這個原因，關係變得很尷尬。在很久很久以前，我曾經內心沒有任何疑慮、天真無邪地牽著母親的手走在路上，那彷彿是我出生之前、前世的記憶。

原本以為很近的小河比看起來更遠，簡直就像海市蜃樓，好像越走，小河就離我們越遠。我們語言不通，所以我們牽著手，默默走在路上。因為我們背著太陽，後背被烤得有點發麻。據說今年蒙古也氣候異常，最高氣溫竟然有四十度。早晨就這麼熱，想到中午不知道會有多熱，就不敢繼續想下去。

終於到了小河旁，開始用柄杓汲水。在日本，除非是極清澈的河流，否則不可能汲河流的水使用，但在蒙古，或許是很平常的事。如果有人在上游做了污染河水的行為，就會對使用這些河水的所有人生活造成影響，幸好據我肉眼觀察，河水很乾淨。

我和義母合力拎著一個大水箱，空著的手又各自拿了一個小水桶，總共用三個容器裝水走回蒙古包。這時，成哉一臉驚慌地迎面跑了過來，對著義母大聲說著什麼。義母停下了腳步，把水桶放在腳邊。我也放下水桶等在那裡，成哉拎起我們剛才拿的水桶，和我們一起走。

「不會重嗎？」

我擔心地問。

「我就是為了這個，才在日本當建築工人、鍛鍊身體，這根本小意思！」

他咬緊牙關用力說完後，加快了腳步。義母看著他的樣子笑了起來，我也差一點笑出來，但立刻繃緊了臉部肌肉。

視野範圍內完全看不到任何樹木，可以清楚看到太陽在天空中移動的狀況。沒有任何東西擋住陽光，只有蒙古包旁有陰影。

回到蒙古包，義父終於起床了。義母和成哉兩個人合力把看起來像油桶的爐灶搬到外面，然後放上鍋子，把剛才汲回來的水煮沸。我和義母兩個人躲在蒙古包的陰影中，一起等待水燒開。

我們吃了簡單早餐，有現煮奶茶、餅乾和乾麵包。因為把椅子和桌子都搬到戶外吃早餐，所以好像在野餐。山羊和綿羊成群地從我們面前走過，秘密騎在馬上趕著羊群，但並不是他剛才綁辮子的那匹馬，而是另一匹黑色的馬。他不時甩動鞭子，調教想要失控狂奔的馬。

「如果不用鞭子調教，就會被馬看輕，然後把騎手甩下來。」

成哉在餅乾上抹了滿滿的果醬後放進嘴裡。

「你也會騎馬嗎？」

我把口感很乾的餅乾含在嘴裡問成哉。因為我昨天幾乎沒吃什麼東西，肚子真的餓壞了。這種餅乾和日本的味道沒有太大差別，所以我吃得下去。

「妳可別小看我。」

成哉說著，嘟起了嘴巴。

「騎馬不是很難嗎？」

即使秘密已經騎得很遠，仍然可以聽到他拚命馭馬的聲音。
「這裡的小孩子在還懵懵懂懂的時候，就開始騎馬了。」
「懵懵懂懂？差不多五歲左右？」
成哉聽了我的問題，用蒙古話快速問了義父母。
「我好像是從四歲的時候就開始騎馬了。」
「四歲不還是小嬰兒嗎？」
「但據說有些孩子三歲就開始騎馬。」
「好厲害，但不是會從馬上摔下來嗎？」
「對，也有小孩子因為這個原因變成了殘疾，只不過一百個人中只會有一個人發生這種憾事。」
聽他這麼說，我突然害怕起來。
「但是最近很多父母都有像妳一樣的擔心，所以住在城市的孩子都慢慢不會騎馬了。身為游牧民族卻不會騎馬，真是太奇怪了。」
「那要用什麼方式移動呢？」
這是很自然的疑問，沒想到成哉露出有點不滿的表情說：

「時代變了，現在的游牧者都不想騎馬，而是習慣開車。」

然後又說：

「妳看，那裡不是有機車嗎？」

因為他是說日語，所以他的義父母應該聽不懂，但他還是小聲說話，指向某個方向，似乎不想讓義父母聽到。那裡的確有一輛用塑膠布蓋起的機車，草原和機車的組合有點奇怪。

「二十年前，蒙古民主化之後，這裡的人的價值觀也產生了改變，和日本一樣，覺得金錢很重要。現在有很多年輕人都不想再當游牧者，漸漸去都市發展，所以都市呈現人口過度稠密的狀態，垃圾問題和空氣污染問題都很嚴重。雖然這裡還沒有電視，但電視在蒙古也已經普及，所以可以透過電視的天氣預報，知道隔天的天氣情況。游牧民族原本就具備了觀察大自然的能力，可以預測幾年後的牧草生長狀況游居遷徙，從天空、大地和動物身上觀察各種徵兆，運用在日常生活中。我的義母脾氣很暴躁，很討厭這些游牧者，所以就遠離了蒙古，但是我還沒有放棄希望。」

成哉說到這裡，義母對他說了什麼，他沒有直接把義母說的話翻譯給我聽，只是冷冷地說：

「我媽叫我們兩個人等一下去哪裡走一走。」

我對成哉的態度感到納悶，他尷尬地低下頭說：

「他們似乎誤會了我和妳的關係……」

任何父母看到適婚年齡的兒子帶女生回家，產生這樣的誤會也很正常。如果說我完全沒有想到這種可能性，當然就是騙人的，但是我在成哉面前假裝沒有想過這件事。

「這裡到處都是草原，能去哪裡走一走？」

成哉窘迫地這麼說，我努力用開朗的聲音說：

「那我們去散步一下，我很想去那裡的山丘看看。」

成哉聽了我的回答，對義母說了什麼。

義母交給我一個點心袋，裡面裝了很多糖果和餅乾。我戴上帽子準備出門時，義父叫住了我，急急忙忙在我臉上擦了乳霜。那似乎是防曬霜。

「這個家裡只有男生，所以我爸爸看到家裡有女生就高興死了。」

成哉有點害羞地說。他在說話時，義父也拚命往他的臉上抹防曬霜。

「我不用了。」

成哉把頭轉到一旁，義父故意在他臉上抹了很多防曬霜。成哉自己用雙手把防曬霜勻開，看起來就像是化了淡妝的小孩子，如果他再擦口紅，就完全像在扮女裝。

「我討厭這種香味啦。」

成哉頂著一張人妖臉，不滿地嘀咕著。義母停下做家事的手，開心地注視著他。走出蒙古包外，發現陽光更烈了。

我們走向山丘的方向，發現有人在山頂上舉起一隻手。定睛一看，原來是剛才在鞭策馴馬的秘密。

「他在祈禱嗎？」

我一臉嚴肅地問，成哉聽了之後哈哈大笑起來，似乎覺得很好笑。

「怎麼了？」

「因為妳說的話實在太好笑了。」

「是什麼儀式之類的嗎？」

站在山頂上的秘密好像在拍照般擺了這個姿勢不動。

「美咲，妳覺得他在幹什麼？」

「是不是站在那裡，就可以吸收大地的能量之類神聖的儀式。」

在我回答時，成哉又笑了起來，然後立刻告訴了我答案。

「只有那個點可以收到手機的訊號。」

「啊？」

我完全沒想到手機在蒙古大草原上竟然也可以通。

「該不會日本的手機也可以通？」

「應該可以吧？」

「早知道我應該帶出來。」

因為搞不好有人從日本聯絡我。

不一會兒，我們就來到了上坡道。雖然從遠處看，整座山都被綠草覆蓋，其實只是凹凸不平的岩石縫隙中長了稀疏的草。雖說是草，但都是被刺到會很痛、看起來很猙獰的草，感覺人類無法食用的這種草，散發出像藥草般淡淡的清香，呼吸時，喉嚨深處感覺很舒服。

「羊會吃這種草嗎？還是去放牧的地方，有更軟嫩好吃的草？」

我小心翼翼地走著，以免不小心跌倒。

「不，這已經是這一帶很出色的牧草了，一到冬天，真的只剩下枯草而已，但是家畜仍然必須在這種環境中活下去，真的很辛苦。明天要去的哈拉和林就會有豐富的牧草。」

成哉穿著夾腳拖，俐落地爬上了山丘。

「哈拉和林？」

「就是成吉思汗以前建立的蒙古帝國的首都所在地，從這裡一直往西走。因為吃的牧草不一樣，羊肉的味道也不一樣。有些羊吃很像韭菜的牧草，羊肉也有韭菜味，當然，羊的年齡不同，味道也會不一樣。」

我以前從來不知道，羊肉的味道會因為羊吃的草而不同，但是仔細想一想，就覺得也是理所當然的事。

「太厲害了，羊吃人類無法食用的草，然後人類再吃這些羊。」

我抬頭看向山頂，秘密已經不知去向。我在走上山的過程中，呼吸越來越急促。

「美咲，快到了，加油！」

成哉在說話時，隨手握住了我的手。雖然我知道他並沒有這個意思，但我覺得好像在彌補我們以前在國中時代無法做到的事，突然害羞起來。我帶著一絲促狹想到，原來成哉也長大了。那時候，無論我再怎麼渴望，他都不願意和我牽手。我充滿懷念地想起當時走回家的路上，沿途都一直在思考這件事。

因為成哉牽我的手，我一口氣完成了最後衝刺。一來到山頂，兩個人都不約而同地鬆了手。這裡的風比山下大，比在蒙古包時看到的更高，放眼望去，三百六十度都是地平線。

我被眼前的絕景震懾，茫然地愣在原地。

「這叫敖包。」

成哉向我說明山頂上一根像是鐵棒的東西。鐵棒上綁了一根藍色的緞帶。

「要在順著太陽的方向繞行的同時，把地上的石頭堆上去。」

成哉說完，撿起腳下的石頭輕輕丟向鐵棒的方向。

「這裡的人認為，石頭也是一種生物，但是石頭無法靠自己的力量往上走，所以要藉由人力，把石頭移到上面。」

我也撿起了腳下的石頭往上丟。直到前一刻為止，我都一直覺得石頭就只是石頭，從來沒有想過石頭也是一種生物。

繞完一周後，成哉坐了下來。我也在他身旁坐了下來。早上和義母一起去汲水的河流悠然地流動，我慢慢調整呼吸，看著眼前這片景色，之前在內心浮游的塵埃，都好像靜靜地沉入心底，就好像倒置的雪花球放回了平坦的地方。也許是因為剛才牽了一下手，我覺得和成哉更親近了。

「我問你，」我鼓起勇氣，看著成哉的側臉說：「你在高中時，和什麼樣的女生交往？」

我突然很想知道這件事。雖然我不知道確切的理由，但我目前的心境無法不問這個問題。

「為什麼突然問這種問題？」

不知道是否陽光太刺眼，成哉眼眶濕潤地看著我。他坦誠的眼神差點讓我畏縮，我想起早上看到秘密綁辮子的那匹馬。

「如果妳無論如何都想知道，告訴妳也沒有關係。反正已經是過去的事了。」

成哉表情一臉不滿地說。坐在他旁邊，可以清楚看到他臉上鬍子的表情。

「我想知道。」

我做出和成哉相同的姿勢，把下巴放在彎起的膝蓋上，只把臉轉向他的方向。

「對方是我的高中同學。」

成哉說完之後，開始說那個女朋友的事。我陷入極度後悔，覺得早知道不該問這個問題。我真是太難搞了。我對自己產生了厭惡，但仍然故作平靜，聽著成哉說話。

「我記得是在高二那年的春天開始交往，並沒有誰向誰告白這種事，而是不知不覺中，彼此都喜歡對方。我們經常翹課去看電影，現在回想起來，當時真的做了不少壞事。」

「做愛呢？」

明明是我問的問題，但問出口之後，我自己都嚇了一跳。成哉可能對我突然問這種事大吃一驚，表情僵硬地眨了幾次眼睛。

「幹嘛突然問這種事？」

成哉有點不知所措地問。

「因為那個人應該是你第一次性經驗的對象吧？」

我說話時，努力讓語氣聽起來很平淡。因為我無論如何都想聽成哉說他第一次上床的對象。

「算了，我也已經不是需要隱瞞，謊稱自己還沒有性經驗的年紀了，沒錯，她的確是我第一次的對象。」

成哉認真地回答，我聽了忍不住臉紅。

「但你們最後還是分手了嗎？還是目前仍然在交往？」

我想立刻改變話題。

「怎麼可能？如果我現在有女朋友，怎麼可能約妳一起來蒙古？」

成哉緊張地說。

「那倒是。」

我也語氣輕鬆地說，但是聽了成哉的回答，我內心鬆了很大一口氣。

我對自己也掩飾著這份心情。

「你當時很喜歡她嗎？」

「嗯，那時候超喜歡。」

成哉認真地回答。他很老實。國中時，我也喜歡他，但是我們那時候還只是小孩子，當時甚至沒有發現這件事。

「既然喜歡，為什麼會分手呢？」

成哉回答得太老實，我覺得他有點可憐，忍不住想雙手抱住他，但我當然無法這麼做。

「我記得是對方有了喜歡的人。我當時的情緒也很混亂，所以記不太清楚了。」

「原來是這樣。」

想像著成哉當時的心情，連我都忍不住感傷起來，但是他接下來說的話讓我大吃一驚。

「那妳也說說妳的戀愛啊。」

「為什麼？」

我用強勢的態度抗拒。

「因為我已經說了啊，我也想知道第一個占有妳的人是誰。」

成哉不知道是否故意，嘟著嘴冷冷地說。

「呃……」

我的戀愛不像成哉的那麼清新。

「妳當時讀女校，所以應該不可能是同學。」

成哉開始臆測。

「我喜歡的是補習班的老師。」

我覺得顧左右而言他，或是說謊都很麻煩，於是主動說了出來。我只對當時的幾個好朋友說過這件事。

「該不會年紀比妳大很多歲？」

成哉好奇地把頭湊過來問。

「嗯，雖然年紀比我大，但只大我十五歲而已。」

我盡可能用輕鬆的語氣告訴他。

「十五歲？這根本是犯罪行為。」

果然不出所料，成哉做出了和其他人相同的反應。

「妳當時幾歲？」

「嗯，我記得是十六還是十七歲。」

「所以對方是三十多歲？該不會……」

「沒錯，我就是他的外遇對象，雖然當時我還只是高中生。」

在我回答之後，當下覺得很濃密的時間一下子變得輕薄，簡直就像一吹就會飛走的紙。

我以為成哉會看不起我，沒想到他深有感慨地說：

「原來是這樣啊，他就是妳最先愛上的男人。」

聽到他用「愛」這個字，我全身突然發熱，幾乎回想起那時候很愛老師的那份生動的感情。

「原來我們沒有見面的那段期間，妳也經歷了很多事。」

成哉伸出手，好像在撫摸小孩子般，把手掌放在我的頭上。如果，我是說如果，如果和成哉在國中時是那樣的關係，我就不會喜歡補習班老師。想到如此一來，我就會有不一樣的人生，就覺得人和人的相遇太奇妙了，而且雖然當時我們曾經那麼相愛，但我再也不會和老師見面了。

「妳很成熟。」

成哉說。

這句話的言外之意讓我感到火大，我看著他。

「不不，妳不要誤會，我並沒有情色的意思。」

成哉嘟著嘴抗議。

「那時候，妳就比我成熟多了。相較之下，我只是小鬼。」

我們當時都知道彼此喜歡對方，但我們無法牽手，也無法接吻，只不過當面和成哉聊當年的事很害羞。因為我們選擇了不同的路。我突然想起一件事，立刻問他：

「你的義父和義母平時也都那樣睡在一起嗎？」

「喔，妳是問昨天的事？」

成哉臉上的表情有了些微的變化。也許我們都為改變了話題感到鬆了一口氣。

「昨天應該是為了讓妳睡床的關係，而且爸爸才剛出院不久，我不是還幫他按摩肩膀嗎？」

「但是我覺得那樣很棒啊，上了年紀之後，還睡在同一張床上，而且我沒有看過我的父母這樣。」

「那倒是。」

「而且，同住在蒙古包內不是看得很清楚嗎？也會聽到聲音。他們想要生孩子的時候，也是在蒙古包做那件事嗎？」

我發問時，在用字遣詞上很小心。

「對啊，游牧民族在那方面很開放。我小時候也很好奇他們半夜在幹什麼，但是鄉下的孩子經常看到家畜交配，所以都很早熟。我不知道現在的情況如何，不久之前，他們即使在大白天，也會騎著馬去草原上別人看不到的地方親熱。」

「太猛了。」

「因為游牧民族沒什麼娛樂活動，也只有這件事了吧。」

成哉之前說自己也有一半游牧民族的血統，現在卻說得事不關己。

我們在聊天時，陽光越來越烈。

「是不是該回去了？」

我站了起來。

「好啊，越來越熱了。我們這樣出來約會一下，他們應該也滿意了吧。」

成哉自暴自棄地說。

「這是約會？」

「對啊，我說我和妳並沒有交往，我媽就說，既然這樣，那就努力追求啊。」

成哉面帶愁容。

「原來是約會啊，但之前去櫻桃花園呢？」

「我可是費了很大的勁才開口約妳去那裡。」

「好懷念啊。」

我說了這句話之後，真的有一種懷念的感覺。這七年期間，我的心嚴重磨損，也變髒了，見識了很多根本不需要看的人情世故，也經歷了很多還不需要這麼早體會的感情。

「謝謝你。」

我向成哉道謝。

「為什麼謝我？」

成哉像小狗一樣的眼睛專心地注視著我。

「因為你告訴我很多以前的事，連第一次上床的事也說了！」

我開玩笑說道。其實我是為他帶我來這裡道謝。封閉了我心靈的沉重簾子，稍微打開了一條縫。

「啊，你媽好像在叫我們。」

我伸出手指說。

「真的欸！她說午餐已經做好了，等我們回去吃。慘了，我們趕快回去！」

成哉說完後，就立刻跑了起來。我跟在他身後跑了起來。在跑的時候忍不住想，我已經有多少年沒有這樣拚命奔跑了。

太陽在成哉的髮旋上閃著光，好像只要我縱身一跳，就可以摸到。

全家人一起吃了午餐，吃完午餐後，大家又一起在蒙古包內睡午覺。我也學成哉，沒有睡在床上，而是躺在地上，發現很舒服。因為地毯直接鋪在地上，所以等於躺在石頭上。我原本擔心在這樣的環境下無法睡著，沒想到睡得很熟。醒來之後，成哉說我剛才睡覺時打呼，雖然不知道是真是假，但我覺得很丟臉。

太陽開始下山的傍晚，義父、成哉和我三個人一起去撿煮飯時作為燃料使用的牛糞。這可能是我這輩子第一次接觸牛糞，但是乾掉的牛糞看起來和泥塊沒什麼兩樣。我很驚訝，原來牛糞可以作為燃料使用。聽成哉說，雖說是糞便，但其實就像是把牧草打碎。如果人類要將這些牧草打碎，就會耗費大量勞力，但在牛食用之後，就可以得到這些副產物。

撿牛糞時，不需要走去很遠的地方，因為到處都有牛，所以地上也到處都有牛糞。我們撿了很多牛糞回去，義母很高興。只不過即使撿了一座牛糞小山，一旦點了火，轉眼之間就用完了，所以必須隨時一次又一次去撿牛糞。

義母準備了咖哩作為晚餐。

「因為妳昨天沒吃什麼，所以媽媽很擔心。」

成哉小聲告訴我。

「這裡也有賣咖哩醬嗎？」

我也莫名地跟著成哉小聲說話。

「好像會用我這次從日本帶來的。只要去烏蘭巴托，也可以買到咖哩醬，但還是日本的比較好吃。」

成哉恢復了正常的聲音回答。

義母拿了蔬菜出來，於是我幫忙一起削皮，但是我拿起菜刀後，發現竟然鈍得完全切不動，和扮家家酒用的木刀差不多，但是我剛才明明看到義母用同一把菜刀俐落地削了胡蘿蔔皮。

「你下次來這裡的時候，帶一個日本的磨刀器給他們吧。」

我用盡吃奶的力氣削著馬鈴薯皮，隨口對成哉說，沒想到成哉的反應完全出乎我的意料。

「我以前也和妳想的一樣，被這裡的原始生活嚇到了，從日本拚命帶了很多方便的用品。他們當然很高興，但是我觀察之後，發現他們並沒有使用。並不是不知道使用方法，而是他們不想用。對他們來說，那些東西都只是垃圾。游牧民族過著極簡生活，他們對物品沒有執著心，他們幾千年以來，都用這種方式生活，硬是要求他們改變，反而是一種傲慢。」

「對不起。」

我為自己根本不瞭解狀況就大放厥詞感到羞愧。

「但是，那把菜刀的確太鈍了。」

成哉笑了起來。我也差一點跟著笑出來。

義母剝了洋蔥皮、切成細絲，除了胡蘿蔔以外，還削了馬鈴薯皮，切成了小塊，但我只削完一顆馬鈴薯的皮。可能是因為我在削皮的時候太緊張，肩膀繃得很緊。

「辛苦了。」

成哉說完，把手重重地放在我的肩膀上。義母見狀，不知道對他說了什麼。

怎麼了？我用眼神問他。

「我媽罵我，叫我不要對女生這麼粗魯。」

成哉尷尬地吐了吐舌頭。

「沒關係，沒關係。」

雖然明知道即使我放慢了說話的速度，義母也聽不懂，但我還是希望她能夠瞭解，所以說了好幾次。

義母把切好的蔬菜浸在水裡，又從袋子裡拿出好像動物骨頭的東西。

「這是什麼？」

「這是牛肉乾。在秋天殺牛，然後風乾。」

成哉說話時，鋪好了塑膠布，然後從抽屜裡拿出鐵鎚。

「像這樣把纖維敲碎，就可以用來煮菜。」

他用力敲向骨頭的地方。義父見狀，對成哉說了什麼。

「他在向妳道歉，說其實很希望讓妳吃他自己養的羊肉，但這次沒辦法讓妳吃到，所以很對不起妳。」

其實我不喜歡羊肉的羊騷味，所以暗自慶幸這次不用吃羊肉。

「為什麼不能吃？」

我發現草原上到處是羊，但為什麼不能吃？

「這要從今年冬天的寒流說起。」

成哉用力敲著牛肉乾，開始向我說明。

「今年冬天異常寒冷，我新年的時候來這裡，氣溫竟然是零下四十度，根本已經冷到無法測量溫度了，而且也下了很多雪，家畜都吃不消了。草原上也沒草了，必須特地去買飼料餵牠們，只不過能夠買的飼料量也有限。我爸認為綿羊比較耐寒，所以就優先餵食比較不耐寒的山羊和牛，結果判斷錯誤，綿羊都變弱了。

春天是綿羊分娩的季節，但是很多小綿羊剛出生就死了，母羊也沒有羊奶。於是在無奈之下，只要在小綿羊出生之後，就帶到溫暖的蒙古包內。如果母羊沒有羊奶，就餵牛奶。我當時也一起幫忙，真的超悲慘。小綿羊好不容易生下來，但一隻又一隻死去。死了之後，就會放在蒙古包外，結果外面有一整排屍體。我爸當時情緒很低落。對游牧者來說，自己的家畜死亡是最大的恥辱。

但是後來才發現，蒙古各地都發生了這樣的悲劇，甚至有游牧者幾乎失去了所有的家畜。只不過游牧者都不會老實承認自己家裡的家畜死了多少頭，在報告時恐怕都會虛報少報，所以無法統計家畜死亡的正確數字，但是的確對蒙古人造成了很大的打擊，甚至影響到他們的飲食生活。」

成哉用力敲碎了最後一塊骨頭。

「這樣啊，原來是因為這個原因導致羊的數量減少，所以在夏天也不能吃羊。」

成哉聽到我這麼說，又告訴我：

「這或許也是原因之一，但更重要的是因為羊沒有吃草，所以羊肉也不好吃。我爸覺得牠飼養的羊是全蒙古最好吃的羊肉，話說回來，所有的游牧者都這麼認為。總之，他應該想讓妳吃一吃他很自豪的羊肉。」

雖然日本也整天報導，目前氣候異常的問題，但也許這些游牧民族的人受到最大的影響。既然義父這麼說，我希望以後有機會吃他飼養的羊。

我發現義母不知道什麼時候不見了，原來她在外面煮飯。太陽更加西斜，義母的身影在乾裂的地面拉出好像棉花棒般細長的影子。

「原來所有的東西都在同一個爐灶上煮。」

在日本的話，除非是單身生活的套房，否則都會有好幾個瓦斯爐灶，同時做不同的料理。

「對，而且他們也只有那個大鍋子。」

無論燒開水、煮飯還是燉咖哩，都使用同一個鍋子。義母每煮完一樣東西，就仔細把鍋子洗乾淨，而且還必須動腦筋發揮巧思，避免浪費寶貴的水。

「如果是我，加熱牛奶要一個鍋子，還有平底鍋，煮義大利麵用的深鍋，反正會準備很多鍋子，你不覺得你媽很厲害嗎？她真的超厲害欸！」

我大聲說道，希望成哉也可以感受到我的興奮。雖然我不知道他能夠感受到多少。

「對啊，我們開發了各式各樣的道具，自以為只要按一個按鍵，就可以搞定一切，但是一旦壞了，就什麼都做不了。這裡的人就不一樣了，如果自己的汽車或是機車壞了，全都是自己動手修理。既然要修理，就必須瞭解機械的構造，所以我覺得過這種原始生活的人，在日常生活中更加勤用腦袋。雖然乍看之下，會覺得我們更先進，但無論怎麼想，都覺得其實是我們變笨了。」

我大致能夠瞭解成哉努力想要傳達的想法。

我和成哉聊得不亦樂乎時，煮飯的香氣飄了過來。抬頭一看，染上一抹深紅色的天空，有一條像龍的形狀細長的雲飄浮在空中。這時，我突然想到，也許這就是所謂的自由。我發現游牧民族自由的心，也許就是以這種對物品沒有執著為基礎。

游牧民族當然不是一無所有。蒙古包內有佛壇，也有乍看之下，並不是生活必需品的東西，比方說，有很多包括成哉在內的兒子和孫子的照片。我相信他們一定很清楚對自己而言，什麼是重要，什麼是必要。一旦他們認為是重要的東西，即使不是生活必需品，也會一直很珍惜。他們的生活中，只有真正必要的東西。

相較之下，我擁有很多廢物，把自己困住，阻礙自己飛向遠方。然而，如果問我對自己而言的重要東西是什麼，我無法立刻想到任何東西，我不知道什麼是生活必需品。原本希望未來的人生能夠好好把握的工作，結果在半個月前主動放棄了。

飯似乎煮好了，義母把飯裝進一個看起來像是臉盆般的東西，然後又用同一個鍋子開始煮咖哩。

「美咲，我媽請妳教她煮咖哩。」

我躲在蒙古包的陰影中，茫然地看著天空，成哉走過來叫我。

「我平時就只是把所有的東西放在一起煮啊。」

在目前的環境中下廚，也不可能發揮什麼巧思。我既不擅長下廚，但也並不是不會煮，只是有時候會轉換心情自己下廚。我讀大學時都住在千葉的老家，但在畢業之後，覺得既然已經踏上社會，繼續住在家裡似乎不太好，於是今年終於開始一個人生活。沒想到我在那家出版社從原本的工讀生變成正職員工後，工作突然忙了起來，不僅非假日忙得不可開交，就連假日也必須工作。原本計畫週末可以自己下廚，非假日也盡可能帶便當去公司，結果每天回到家就已經筋疲力盡，根本沒有力氣下廚。我想起工作的事，差一點陷入沮喪。

「對了，我想起妳以前在情人節時，曾經送給我自己親手做的巧克力，我記得超好吃。」

成哉突然提起令人害羞的往事。

「但是你當時什麼都沒說啊。」

他當時既沒有說好吃，也沒有說謝謝，什麼都沒說。他不知道我為這件事多煩惱。

「那時候我真的想一死了之。」

我想起當時內心的痛苦，忍不住輕輕推了成哉一下，同時對自己用開玩笑的方式輕鬆地說自己想死這件事，又陷入了自我厭惡。無論再怎麼想死，和實際一死了之不一樣。但是，山田真的選擇了死亡。

「那時候不是快要考高中了嗎？那是我瞞著我媽，半夜在自己房間內熬夜做的，結果你什麼都沒對我說，我煩惱了很久，以為自己誤把鹽當成糖加進去了，每天晚上都失眠。」

我的腦海深處回想起山田的事，但嘴裡說著完全無關的事，然後在說話的同時，隱約想起山田曾經借了一本書給我。

「對不起。」

我一時不知道成哉為什麼事道歉，然後才想起我們剛才在聊國中時代酸酸甜甜的情人節。

「慘了，我媽剛才叫我們做咖哩。」

成哉癟著嘴，露出愁眉苦臉的表情。

我們慌忙跑去義母那裡，剛才黏了很多飯粒的鍋子已經清洗乾淨，又放回火上，等待做下一道料理。成哉用帶有起伏的蒙古話，對義母說了一、兩句話。

「我媽說，我們一起煮。」

成哉露出像小孩子鬧彆扭般的表情，把義母的話翻譯成日文。

「我媽說，我爸從來不幫忙下廚，我也繼承了我爸的作風，完全都不下廚，但是以後男人連咖哩之類的都不會煮，女生不會喜歡。」

「你媽真的這麼說嗎？她說連咖哩之類的都不會煮嗎？」

「不，我只是把她的意思翻譯成日文，很奇怪嗎？」

「嗯，有一點。」

我原本想說，身為編輯，覺得有點問題，但是我現在已經不是編輯了，只是自由業，回到日本之後，必須開始找打工的工作。

「話說回來，你媽說得很有道理。」

我調整了心情，抬頭看著成哉。

「比起煮飯，我更喜歡吃飯。」

成哉若無其事地說。

「別說這種好像大男人主義的老頭子說的話，你這樣真的會找不到女朋友。」

我故意哪壺不開提哪壺。

「不知道是誰真的和老頭子交往。」

成哉也不甘示弱。

「老師才不是老頭子，而且三十歲還很孩子氣。」

我在說話時，想起老師的面容和溫暖，突然感傷起來。

「不要哭啦。」

成哉誤會了，想用手臂抱我的頭。

「我沒哭，只是煙跑進眼睛了。」

我在解釋的同時，有更多煙跑進了眼睛，淚水撲簌簌地流了下來。義母發現我們遲遲不開始煮咖哩，用冷漠的眼神看著我們。

「成哉，別鬧了，再不開始煮咖哩……」

我小聲對他說。

成哉也發現了義母的視線。

「好，那今晚就來做超好吃的咖哩！」

成哉誇張地說完，把短袖襯衫的袖子捲到了肩膀。

義母緊挨著我和成哉，專心地看著我們怎麼煮咖哩。我每次做一個動作，她就用蒙古話問成哉，美咲在做什麼？成哉也稍微幫了一點小忙。我剛才看到義母一隻手就可以輕鬆拿起，但沒想到鍋蓋很重。每次要打開鍋蓋，或是把鍋蓋蓋回去，都是由成哉幫忙。他肌肉飽滿的手臂看起來很健壯。

馬鈴薯、胡蘿蔔和洋蔥用沙拉油炒過之後，把剛才泡水的牛肉乾放進去，把蔬菜和肉都煮軟。煮得差不多時，把鍋子從火上移開，加入咖哩醬，然後再繼續煮至濃稠就完成了。因為並不是自己煮咖哩醬，所以輕輕鬆鬆就可以完成。

接著，把滿滿的咖哩淋在剛才煮好的飯上。

因為戶外很舒服，我們和早上一樣，把桌子搬到蒙古包外吃飯。秘密的家人也從隔壁蒙古包走了過來，沒想到站在他旁邊的竟然是他的太太，他太太手上抱著他的兒子。成哉立刻接過秘密的兒子抱在懷裡逗弄著。沒想到秘密已經有兒子了。

「秘密今年幾歲了？」

「好像二十歲。」

「所以他比我們年紀還小嗎？但他已經有太太，也有兒子了？你剛才不是說，秘密還在讀書嗎？」

成哉扮著鬼臉逗著秘密的兒子，我一口氣問了好幾個問題。在問話的同時，手也沒有停下來，繼續把咖哩舀在碗裡。成哉對著秘密的兒子做了一個很醜的表情後告訴我。

「蒙古最近有很多年輕情侶都早早結婚，早早生孩子。在日本，很少有學生結婚，但在這裡很普遍。」

「但是他們的生活怎麼辦？」

雖說秘密還是學生，該不會連自己孩子的養育費，都要由父母出嗎？如果是我，絕對不可能做這種事。

「這也是很嚴重的問題，可能是他太太外出工作養家吧。」

成哉不清不楚地回答後，問了秘密的太太幾句話，然後又向我補充說：

「我果然沒猜錯，他們家是太太養家。」

「在這裡工作嗎？」

我不太瞭解這句話的意思，於是追問道。

「這裡是指什麼？」

成哉反問我。

「就是游牧者的工作……」

「不，他們只有在夏季的時候來這裡幫忙，他們自己的家在烏蘭巴托，即使在城市生活的人，夏天也都會回到老家的蒙古包生活。這樣的話，即使在城市長大，也能學會照顧家畜，就會更能幹。」

成哉繼續哄著秘密的兒子。我在和成哉聊天時，已經準備好晚餐了。包括不認識的人在內，總共有十個人一起吃晚餐。

「開動了！」

成哉搶先說完，開始吃熱騰騰的咖哩。

在蒙古，只要有客人來蒙古包作客，即使是不認識的人，也一定會請對方喝茶、吃點心。如果客人在吃飯的時候上門，就要請客人吃和自己相同的食物。

雖然才來了一天，但是在蒙古生活之後，我有點能夠瞭解蒙古人的這種想法。因為在這裡，除了家人以外，幾乎不會見到其他人，所以見到別人是很難能可貴的事。在大草原上遇到，感覺就是有緣來相見，很自然地想要共同分享這份喜悅。換成在日本，就覺得人太多很煩。

「安普堤，安普堤班。」

圍坐在桌子旁的人從剛才就一直說這句話。

「在蒙古話中，安普堤就是好吃的意思。」

坐在我旁邊的成哉告訴我。他的呼吸都有咖哩的味道。隨便一個日本人，都會做這種咖哩，大家竟然讚不絕口。有什麼東西在內心悄悄膨脹，我吃著咖哩，拚命克制住了。

成哉說，明天要去其他地方。也許回國的前一天，會在烏蘭巴托再見到義父和義母，好不容易開始和他們建立了良好關係，但要暫時離開他們了。

義父吃完咖哩後，又不知道從哪裡拿出了酒瓶。我有預感，今晚不會這麼快結束。我的心就像乾貨泡了水一樣，又比昨天柔軟了一點點。

第三天，幾乎一整天都在路上。

我們將搭秘密的車，前往位在哈拉和林更深處的高原，那裡也有溫泉，據說是蒙古很熱門的觀光景點。

吃完和昨天一樣的早餐後，我們坐上了車子。

「拜拉魯拉，拜拉魯拉。」

我用唯一學會的蒙古話，向義父母道別。「拜拉魯拉」在蒙古話中是「謝謝」的意思。

這一天的行程要開十個小時的車子。雖然有時候會遇到鋪了柏油的道路，但路面基本上都沒有鋪柏油，車子在不是路的路上行駛，整輛車都不停地彈跳。

中途在草原上停下來上廁所。

「沿途都沒有路標之類的看板，竟然知道要開去哪裡，或是在哪裡轉彎。」

走下車，清新涼爽的風很舒服。

「這很簡單，只要記住山的形狀和特徵就好。」

成哉舉起雙手，伸著懶腰告訴我。他在伸懶腰時，我看到了他的肚臍。

「你說的山，是到處都可以看到的小山嗎？」

「對啊對啊。」

「如果是我，絕對會迷路。」

「我記得妳是路痴。」

之前我們放學後一起走回家，我好幾次都在住宅區迷了路。

「聽說那些山和山谷都有名字，但是最近也有人使用衛星導航。」

我們聊這些時，去上廁所的秘密回來了。不知道他們是否說好要輪流開車，秘密打開了副駕駛座旁的車門，坐在駕駛座上的成哉把iPod連在汽車音響上，開始播放日文歌。

我一路上都在暈車，渾身都很不舒服，現在終於稍微放鬆了心情。聽著日文歌，行駛在草原上，會以為自己身處日本。所有的歌都是我和成哉分手之後才開始流行的，其實我們的關係甚至說不清楚算不算曾經交往過，所以說分手有點奇怪。但是我想像這是他和高中時交往的女朋友一起聽的歌，就有一種心被人捏了一下的奇怪感覺。難道我在嫉妒那個女生嗎？他們之間早就結束了。我想起之前和補習班老師在一起時，從來沒有聽過音樂。有第三人在場時，我們不會在一起；單獨相處時，根本沒有餘裕聽音樂。我只想黏在老師身旁，如果不碰觸他，就覺得老師會消失不見，內心充滿不安。那時候我很希望得到老師的認同，很想追上他的腳步，所以一直很逞強。

「妳一個人在惆悵什麼？」

正當我滿腦子都想著老師的事時，成哉的聲音為那個世界潑了一盆冷水。

「我才沒有惆悵。」

為什麼每個人被別人說中時，就會拚命否認？我在為這個問題感到納悶的同時，忍不住用強烈的語氣反駁。

「妳嘴角都上揚了。」

他似乎可以從後視鏡看到我的臉。

「我才沒有嘴角上揚，而且我不是說了，我不會笑嗎？嘴角上揚也是笑，絕對不可能有這種事。」

「是喔，是喔。」

成哉隨著著歌曲旋律的音節，好像在唱歌般說道。我也知道這首歌曲。和老師分手後，差一點要交往的大學同學約我一起去看了這個樂團的演唱會。最後我還是無法忘記老師，也沒有和那個同學交往。

不知道老師現在好不好。他向來不說謊，也坦誠地告訴了我他有妻兒的事。他當時就已經有一個兒子，也許現在是好幾個孩子的父親了。

我發現完全放鬆全身的力氣，像一灘爛泥一樣癱在椅子上，感覺整個人快從椅子上滑下來的姿勢最輕鬆。不是我特別聰明，而是我看到坐在前座的秘密的坐姿。他幾乎整個人都快從椅子上滑下去，完全不抵抗車子的搖晃，任憑身體跟著車子一起搖晃。我也有樣學樣，發現比用力抓住車內把手輕鬆多了。

「美咲，如果妳想睡就睡，不必有顧慮，我會注意安全，把妳帶到目的地。」

車上簡直就像裝了監視器。成哉在絕佳的時間點對我說。我順從地說了聲「謝謝」。因為睜著眼睛，看著上下抖動的風景，就快要暈車了，我還是睡覺比較好。成哉可能看到我閉上了眼睛，把音樂調小聲了。當我再次睜開眼睛時，發現車外滴滴答答下起了雨。這是我來蒙古之後，第一次下雨。

中途又在草原正中央停了車，然後在車上吃了午餐。義母早上為我們準備了便當。便當很簡單，只有幾片麵包、果醬和茶，但可能車子的顛簸導致胃也疲勞了，所以沒什麼食慾，吃這樣簡單的午餐剛剛好。

吃完之後，打開車門想去上廁所，風很強，而且很冷，我披在肩上的披肩差點被吹走。

「外面在下雨，妳不要走去太遠，反正也看不到。」

成哉在我身後說道，我用力關上了車門。在車上時，並不覺得雨下得很大，但是實際下車之後，發現雨勢很強。氣溫可能也在持續下降，即使在短袖襯衫外已經穿了風雨衣，仍然感覺有點冷。

我在草叢中蹲了下來，閃電劃過遠方的天空，看起來就像是地球上的血管。幾秒鐘後，傳來了轟隆隆低沉的雷鳴。雖然距離還很遠，但太可怕了，再加上外面很冷，我跑回車上，然後發現又換秘密坐在駕駛座上。

進入哈拉和林後，路面更加凹凸不平。每次身體彈起來時，頭都快要撞到天花板，但我繼續睡覺。因為除了睡覺以外，我不知道還能做什麼。雖然我在睡覺，但可以感覺到窗外風景中的綠意持續增加。雨勢越來越大。

「美咲，到了。」

成哉把我叫醒時，我連續眨了好幾次眼睛，完全不知道自己身處何方。

「這裡就是溫泉？」

我以為會是像群馬縣草津溫泉那樣的地方，很納悶這片草原上哪裡有溫泉。

「妳先下車再說。我會請人幫妳拿行李，工作人員會帶妳去蒙古包。」

成哉對我說話時看著後方。氣溫比我剛才下車尿尿時更低了。

「這裡是哪裡？」

我撥開腳下的草，問走在我身旁的成哉。鞋子和襪子很快就濕透了。

「這裡是蒙古包度假村，秘密的朋友在這裡打工。」

工作人員帶我前往的蒙古包比義父母的蒙古包小了一號，蒙古包內只有一張床。

工作人員把我沉重的行李箱搬進來時，成哉用蒙古話對他說了什麼。雖然我不太清楚他們說了什麼，只聽到工作人員最後用英語說了一句「ＯＫ」。

「美咲，妳在這裡好好休息，我和秘密會在對面的山丘上搭帳篷睡覺。如果有什麼事，可以告訴工作人員，剛才的工作人員會說一點英語。」

成哉說話的語氣太平靜，我不敢問他：「我要一個人睡在這裡嗎？」但內心突然感到不安。

「溫泉呢？」

我好不容易才擠出這句話。

「雖然這個度假村裡也有溫泉，但是水管剛才壞掉了，要修好才能用。稍微走一段路，有付費的公共浴場。美咲，妳有什麼打算？如果等到明天，這裡的溫泉應該就可以用了。」

看到成哉無憂無慮說話的態度，我忍不住像在鬧彆扭般一口氣說：

「我要馬上泡溫泉，讓身體暖和一下。」

「好，那可以給我一點點時間回帳篷嗎？然後我就馬上來叫妳。」

成哉走出蒙古包，蒙古包內頓時陷入一片寂靜。也許等到明天水管修好，在這個度假村泡澡才是上策。成哉開了這麼長時間的車子，一定也累壞了，但是我身體冰冷，不洗澡就上床睡覺太悲哀了。氣溫可能持續下降，我對著凍僵的雙手吹著熱氣，發現吹出來的氣也是白色。

我沒搞錯吧，現在不是夏天嗎？我向自己確認，看到桌上有熱水瓶，想來喝杯茶，但是當我從行李箱的口袋裡拿出綠茶茶包，放進杯子後拿起熱水瓶，才發現裡面根本沒熱水。我不死心，打開蓋子一看，裡面的確沒有熱水，但有一隻死掉的蛾。

算了，這也沒辦法，畢竟這裡不是日本。在我出生時，蒙古這裡還是社會主義國家。我自我安慰著，打開蒙古包的門，把蛾的屍體丟了出去。

如果拜託工作人員，他們應該會提供熱水，但我覺得太麻煩，所以就作罷了。因為連茶都沒辦法喝，所以我只能開始整理行李箱，等成哉來接我。成哉說，要在這個度假村住三個晚上，我感覺有點冷，於是拿出了原本覺得應該不會穿到，但為了以防萬一，還是塞進行李箱的刷毛外套穿在身上。吐出來的氣越來越白了。

「讓妳久等了。」

成哉剛才離開蒙古包時，說給他一點點時間，但他再次出現時，已經超過一個小時。我從日本帶來的鬧鐘指向八點半，蒙古和日本的時差有一個小時，所以已經是七點半了，但是天色仍然很亮。

「那裡的溫泉好像八點就關了，我們趕快過去，等一下主廚會為我們準備晚餐。」

成哉姍姍來遲，一走進蒙古包就催促我。他可能也打算泡溫泉，脖子上掛了一條舊毛巾。我拿起泡澡用品站了起來。

我剛才沒有發現，這個度假村周圍用柵欄圍了起來，還有幾個和我住的一樣的蒙古包。成哉邊走邊告訴我廁所的位置和使用方法，雖然是馬桶，但據說經常沒水可沖，而且衛生紙容易造成阻塞，所以用完之後，要丟在旁邊的垃圾桶內。

我已經習慣隨地解放，反而覺得使用廁所很不方便。放眼望去都是大草原，根本不需要特地使用廁所，隨便找一個地方解決就好。

度假村內的溫泉水，是從我們現在要去的源頭那裡，用馬達打上來的。

「既然這樣，還不如去源頭那裡泡比較好。」

想到馬上就可以泡溫暖的溫泉，我稍微恢復了精神。雨後的草原閃著綠色的光芒，度假村有一條步道通往源頭，我想起小時候牽著爸爸的手，走在尾瀨步道的往事。

「好像是通往天堂的路。」

我們面對著夕陽走在步道上。太陽綻放出這一天最後的光芒。這條路讓我想起了尾瀨那個地方，再加上爸爸已經去世，不禁讓我產生了錯覺，以為正走向死亡的世界。通往天堂的路應該就是這麼燦爛美麗，簡直就像是電影場景。

「這裡就是溫泉啦。」

成哉提醒我，我面對現實的瞬間，心動的感覺頓時消失了。雖然美其名為溫泉，但只是用木板搭建的棚屋。我膽戰心驚地推開門，發現用夾板隔開的空間內，有並排的兩個浴池，總共有三個這樣的房間。

「太猛了，簡直就像監獄的水房。」

我忍不住脫口說道，成哉似乎也受到了衝擊，愣在那裡不發一語。

「美咲，妳打算怎麼辦？」

我陷入了天人交戰，還在舉棋不定，一個大媽走了過來，用蒙古話對成哉嘰哩呱啦說了什麼。她應該負責管理這裡的溫泉，手上拿著像是柄杓的東西，成哉連續搖了好幾次頭。

「她說什麼？」

等大媽走了之後，我問成哉。

「她說快打烊了，如果要泡就趕快。如果妳要去泡，我就在那裡等妳。」

成哉臉上似乎帶了一絲愁容。

「咦？你不泡嗎？」

「嗯，因為只剩下這個空房間，她說如果要泡，就叫我們一起泡。」

我不可能在這裡和成哉一起泡溫泉。

「好，那我就去快速泡一下。」

我下定了決心，對成哉說。一走進小房間，立刻鎖上了門，急急忙忙脫了衣服，泡在浴池中。

溫泉本身很棒。雖然有點熱，但並沒有到無法忍耐的程度。隔壁房間似乎是蒙古人的一家三口，不時聽到年幼孩子的聲音。我差一點又想起老師的事，和他分手不再見面已經快兩年了。分手的時候，我腦筋一片空白，不知道從此沒有了他，我該如何活下去，但兩年過去，我還活著，只是活得苟延殘喘。

我在水裡活動手腳，身體慢慢暖和起來。呼。我終於重重地嘆了一口氣。我來到了這麼遙遠的地方。之前一直希望遠走高飛，倒不是因為實際距離的關係，我覺得這次展開了一場時間旅行。

只不過我不能泡得太悠閒。隔壁房間的客人似乎離開了，大媽開始打掃。雖然我還想多泡一下，但還是從浴池中站了起來。浴池的塞子是用木頭做的，兩個並排的浴池形狀也沒有完全相同。我仔細打量後，發現所有的東西都是手工製作的。棚屋太簡陋，搞不好我也有辦法自己動手打造。

「這裡的溫泉很棒。」

我急急忙忙穿上衣服走出去，成哉光著腳，浸泡在看起來像是小河的地方。

「你在泡腳嗎？」

我用毛巾擦著頭髮問。

「可惜水不夠熱。」

成哉看著我，我覺得被他看到我卸妝後的樣子很害羞，於是用毛巾遮住了臉。太陽似乎在我剛才泡澡的時候下山了，天色有點昏暗。

「剛才不是有一個管理溫泉的大媽嗎？她的女兒在那裡的小屋幫人做礦泥敷體療程，但今天已經打烊了。」

成哉用毛巾擦著腳，瞥了一眼對面的小屋。

「我很喜歡做SPA。」

只是完全沒有想到會在蒙古做SPA。

「明天來看一下之後再決定。」

我們又走回通往天堂的那條路。

步道中途有些破損的地方積了水，成哉很自然地向我伸出手。我思考著他在哪裡學會這個動作，也很理所當然地握住了他的手。回到步道後，我們仍然牽著手走了一段路。成哉的手比我當年想像的小一些。

一方面是因為剛才泡溫泉很舒服，原本沮喪的心情稍微振作了一些。老實說，剛才一走進蒙古包，我很想馬上逃走。因為我覺得這裡的蒙古包和義父母住的蒙古包不太一樣，我住的那個蒙古包沒有溫度，也很潮濕，有一種肅殺的感覺，而且還有像霉味般的異味。

成哉剛才說，主廚會為我們做晚餐，我猜想一定很豐盛，但是當我帶著興奮的心情走進餐廳蒙古包時，發現桌上放著裝了料理的盤子，成哉已經坐在那裡等我。

「秘密呢？」

桌上只有兩個裝了料理的盤子。

「他去游牧者朋友家玩了，我們趕快趁熱吃。」

成哉也為我的杯子倒了紅茶。

「開動了。」

我拿起湯匙，只吃了一口飯，就快哭出來了。冰冷的米飯簡直就像是隔夜飯，而且還是隔了兩夜的飯，上面是加了番茄醬的炒肉片之類的東西。我膽戰心驚地吃了一口，差一點吐出來。我看著盤子上滿滿的料理不知所措，該怎麼說，菜的味道讓人越吃越感到悲傷，我從來沒吃過這麼難以下嚥的食物。不僅難吃，而且完全感受不到愛。

「這真的是主廚做的嗎？」

我的淚水在眼眶中打轉，費力地擠出聲音問。成哉覺得吃這種東西也無所謂嗎？他默默低頭吃著。

「如果你吃得下，這些也給你吃。剛才我吃了從日本帶來的零食，肚子很飽。」

我又說了謊，總算沒有讓場面太難看。我只吃了一口，就完全失去了食慾。

「今天坐了一整天的車子，好像太累了，那我就先回房間休息了。」

我無法繼續留在那裡，看到成哉開始吃我的那一份，就先站了起來。為了避免他擔心，我盡可能用開朗的聲音說話。

「晚安。」

我在餐廳蒙古包入口轉頭對他說。

「美咲，妳好好休息。」

成哉用一如往常的聲音對我說。

「你開車也累了，也要好好休息。」

「謝謝。」

回到了自己的蒙古包後，趁天色完全暗下來之前刷了牙，換上睡衣後，鑽進了被子。

我睡得超不舒服，床是彎的，才躺了幾分鐘，後背和腰就痛了起來。我祈禱著自己趕快睡著，然後一覺醒來就是早上，但是不知道是否因為身體太冷，睡意遲遲沒有出現，腦袋反而越來越清醒。從日本帶來的鬧鐘秒針移動的聲音刺進了我的鼓膜。不一會兒，風越來越大，把蓋在蒙古包外的帳篷布吹得啪答啪答作響，聲音吵得我更加無法入睡，轉眼之間，就變成了暴風雨。

「成哉，好可怕，快來救我。」

我用被子蒙住了頭，小聲嘀咕著。這時，我突然想起成哉說，手機在蒙古也可以通。事到如今，即使到時候收到貴得嚇人的帳單也無所謂了，我想打電話給朋友。我在越來越深的黑暗中，從皮包裡找出了自己的手機。虧我申請了漫遊，沒想到這裡竟然沒有訊號。

「真是的！」

我把怒氣發洩在手機身上，丟在被子上。我真的太害怕了，很擔心強風會把整個蒙古包都吹走。我再次鑽進被子，像胎兒般縮成一團，眼淚流了下來。我到底為什麼來蒙古這種地方？我想趕快回日本。

我想吃日本的食物，無論是泡麵或是任何東西都沒關係。我不想再吃肉了，我想吃魚，不管是竹筴魚乾還是味噌鯖魚都好，即使是料理包或是罐頭食品也沒問題。當我想到日本料理時，肚子突然餓了起來。去皮包裡找一下，應該可以找到糖果或是口香糖，但是我已經沒有力氣付諸行動了。

「好可怕。」

只有我自己的聲音在蒙古包內空虛地響起。

外面不知道有什麼東西被風吹走了，不時傳來破裂的聲音。雨可能從天窗的縫隙滲了進來，從剛才就一直聽到水滴的聲音。雷雨雲似乎就在正上方，持續發出地鳴般震耳欲聾的聲音。雷每次打到地上，地面就用力搖晃，好像發生了地震。

我覺得自己可能會死。如果死在離日本這麼遠的地方，真是死到臨頭都在給我媽添麻煩。我和媽媽以前是感情很好的母女，但爸爸生病去世後沒幾年，媽媽就和別人再婚了，我就開始用冷漠的眼神看她。媽媽，對不起，我相信媽媽應該也很寂寞，也許需要男人的協助，才有辦法把我養大。

我從來沒有叫過媽媽的再婚對象爸爸，我覺得和我一起走尾瀨步道的那個爸爸，是我唯一的父親，所以一直很客套地叫媽媽的再婚對象「田中叔叔」。但是，新爸爸，如果我死了，請你好好照顧我媽媽。媽媽在失去最初的丈夫之後，又失去了獨生女，一定會悲傷欲絕。

我就像真的快死了一樣，看到了人生跑馬燈。雷似乎就打在附近，在那一剎那，周圍亮得宛如白晝。不知道成哉有沒有危險，不知道我的初戀對象成哉安不安全，這麼大的暴風雨，帳篷應該一下子就被吹走了。

但是，暴風雨漸漸遠離了，打在蒙古包上的雨滴聲也越來越小聲，風也變小了。雖然仍然在打雷，但已經沒有剛才那麼嚇人了。我終於可以安心地閉上眼睛了。

「昨天還好嗎？我還以為蒙古包會被吹走。」

早上在蒙古包前刷牙時，成哉迎面走來。

「我覺得睡在帳篷裡可能很危險，於是就躲去游牧者的蒙古包。雖然我很擔心妳的情況，但是雷太大了，所以沒辦法過來看妳。妳有睡著嗎？」

「還好啦。」

我覺得好像只是看了可以身臨其境體驗的暴風雨影片。明明是真實發生的事，但是當我回想時，覺得好像在做夢。

這時，一個高大的年輕人從餐廳蒙古包的入口探出頭。他穿著白色廚師服，頭上也戴了漂亮的廚師帽。我有一種不祥的預感。

「他就是這個度假村的主廚。」

成哉親切地向他招手的同時向我介紹。那個年輕人的臉蛋和表情還帶著稚氣，感覺還稱不上是年輕人，根本是少年的稚氣。

「他幾歲？」

我用自己也有點驚訝的冷淡聲音問成哉。成哉用蒙古話問了他之後告訴我：

「他說剛滿二十歲。」

雖然我還有話要說，但還是閉了嘴，更何況也許昨天的料理不是出自他這個主廚之手，而是其他人做的。

主廚說早餐已經準備好了，於是我和成哉一起走去餐廳蒙古包。早餐吃炸餅，我帶著一絲期待摸了一下，發現炸餅已經冷掉了。炸餅放了果醬和像是奶油之類的東西。早餐似乎只有這個。成哉和昨天一樣，為我的杯子裡倒了紅茶。我板著臉說了聲「開動了」。

「蒙古人不吃熱食嗎？」

無論是昨天的白飯，還是今天早上的炸餅都是冷的。炸餅顯然不是現做的，如果不喝幾口紅茶，根本吞不下去。

「應該不會……」

成哉可能感受到我的不滿，滿臉歉意地低下頭。雖然我明明知道不是成哉的錯，但還是想要發洩一下內心的怨氣。

「今天是那達慕節，我想應該可以吃到好東西。」

成哉小聲說話的樣子，就像在辯解的小孩子。

「那達慕節？」

我想起來蒙古之前，也曾經聽成哉提過這個名字。也許是聽到那達慕節這幾個字讓成哉心情變好，他露出了興奮的表情。

「那是蒙古舉國上下都很期待的游牧民族年度盛事，每年七月舉行，有點像是傳統體能運動競技節日，會進行蒙古摔跤、射箭和賽馬這三個項目的比賽。在烏蘭巴托近郊的競技場舉行，電視會實況轉播，所以很有名，但各地的村莊也會舉辦小型的那達慕節。」

「我知道蒙古摔跤，就是穿著很緊的短褲，頭上戴著好像外星人一樣的帽子摔跤，對不對？」

「嗯，差不多就是這樣。」

「你有參加過那達慕節的比賽嗎？」

我小口咬著炸餅問，成哉停頓了一下說：

「沒有，我的賽馬、摔跤和射箭的技術，都比不上道地的蒙古人。」

成哉說話時的語氣有點落寞，我覺得他似乎在怨嘆自己只有一半游牧民族的血統。然後他打起精神，擺脫了前一刻的落寞，語帶興奮地說：

「今天要吃山羊，所以大家都超嗨。」

「山羊？就是草原上的山羊嗎？」

話題突然轉到山羊，我有點反應不過來。

「對啊，要殺一頭羊，然後蒸烤來吃。」

成哉一副理所當然的態度。

「你也會動手嗎？」

「不，我……」

「搞什麼嘛，你說自己是游牧者，卻不敢動手啊。」

我故意調侃他。

「因為必須把手伸進還活著的羊身體，抓住羊的血管，羊的身體還熱熱的，內臟也還在動。」

成哉露出了發自內心感到噁心的表情。

「原來是這樣。原本以為所有的游牧者都會屠宰家畜，看來並不是這樣。」

我把最後一口炸餅放進嘴裡，沾到油的指尖發亮。

「那達慕節好像從中午開始，在開始之前，妳有沒有什麼計畫？如果妳想騎馬，我可以去向游牧者借馬。妳有沒有騎過馬？」

「我想一下。」

我在小聲嘀咕時，想起了一件不愉快的事。

「以前去伊豆大島時，曾經騎過一次。」

那是為了紀念我小學畢業，和我媽一起去旅行。我就是在那個時候得知了我媽要再婚的事，在那次搭船去伊豆大島旅行之後，我和我媽就沒有再單獨去旅行過，因為不是和我媽、我媽的再婚對象三個人一起去旅行，就是我一個人留在家裡。

「雖然我想騎馬，但是剛來這裡不久，我想利用上午的時間整理一下行李，過得悠閒一點。我還想洗一下衣服，從日本帶來的書也還完全沒看。」

我已經辭職了，不需要緊張地閱讀新出版的書籍，但是在機場的書店一看到某位作家的最新作品，反射性地拿起那本書去結帳了。

「ＯＫ，我就在附近，有什麼事隨時叫我。」

成哉準備站起來。

「啊，你知道這附近哪裡可以接收到手機訊號嗎？我昨天想打電話，結果完全沒有訊號。」

如果這裡可以用日本的手機，我要確認一下有沒有人聯絡我。

「我也不太瞭解詳細情況，我去問一下這裡的工作人員，問到之後就會告訴妳。」

「謝謝。」

我在回答時也站了起來。

但是，這裡的環境根本無法優雅地閱讀。

度假村內有一個像是涼亭的地方，我坐在涼亭內開始看書，但風太大，書被吹得亂七八糟，而且一下子氣溫突然上升，接著又吹來一陣冷空氣，完全搞不懂這種天氣到底是冷還是熱，根本沒有介於兩個極端之間的舒服狀態，而且工作人員播放的音樂超大聲，極大的音量簡直打算放給所有蒙古人聽，持續不斷地播放著有點像日本演歌般的歌曲。我明明想要專心看書，但馬上就分心了。

「吵死了。」

我忍不住用日文大聲咆哮，但是我的聲音也被演歌的歌聲淹沒了。我在戶外只坐了短短數十分鐘，身體就變得冰冷。即使繼續坐在這裡，也沒辦法好好看書。剛好有一個工作人員經過，我用英文對他說話，卻完全無法溝通。我以為自己表達得不夠清楚，於是就換了一種方式表達，仍然雞同鴨講，即使只是一再重複單詞也沒用。我試著用日文慢慢說「泡澡」，對方仍然一臉茫然。我太火大了，說了「成哉」的名字，對方似乎終於聽懂了，不一會兒，就帶著成哉來到我面前。

「成哉，我想在這裡洗澡。」

雖然我有很多話要說，但還是拚命克制，只說了重點。

「工作人員正在修理水管……」

成哉露出為難的表情，然後轉頭看向水管壞掉的方向。

「這樣啊。」

「對不起。」

「這不是你需要道歉的事。」

「但是妳難得來一趟，我身為蒙古人，覺得很對不起妳……」

成哉看起來很沮喪，我反而開始同情他。

「那手機呢？啊，對了，我去散步一下，順便去找可以接收到手機訊號的地方。只要你告訴我地方，我一個人去也沒關係。」

我轉換了心情，看著成哉說。

「呃，這一帶好像完全收不到訊號。」

成哉皺著眉頭，露出不悅的表情。

「啊？這附近所有的山丘都不行嗎？那可以告訴我哪裡可以接收到訊號嗎？我可以走去那裡。」

也許我辭職那家公司的主管會聯絡我。因為還有工作交接的問題，而且主管也說，在我辭職之後，可能也會聯絡我。

「可能沒辦法。」

成哉低著頭小聲嘀咕。

「要去開車兩個半小時的地方，才能接收到訊號，而且即使去了那裡，也不知道妳的手機是不是真的能夠使用。」

我頓時陷入了絕望。

「但是，這個度假村應該有電話吧？」

我必須瞭解發生緊急狀況時的聯絡方式。

「這個嘛……」成哉滿面愁容，「他們說，這裡的電話不通。」

我覺得這簡直就是致命的一擊，整個視線都拉下了鐵捲門。

「我知道了。」

這裡不是日本，是我自己要來蒙古的——我這麼告訴自己。入鄉隨俗。這句話就是為了和我目前處境相同的人而誕生的。

「真的很對不起！我等一下也要去幫忙修理水管。」

成哉舉起一隻手，做出道歉的動作，把臉皺成一團。

「你又不是這裡的工作人員，有必要這麼做嗎？」

「有什麼關係？」

成哉直視著我斷言。

「看到別人有難，就要挺身幫忙。對蒙古人來說，這是很普遍的想法，而且我目前在日本努力學習各種技術，就是希望以後能夠在這方面發揮作用。」

「你是因為這個原因，所以才在畢業之後沒有進入公司，而是做目前的工作嗎？」

「是啊，只是說來話長。」

我根本還不知道自己想走哪一條路。

「這很正常啊，蒙古是我出生的故鄉，是我誕生的地方，我只是想要回報這片土地。鮭魚最後不是都會回到自己出生的河流嗎？我的情況就有點像鮭魚洄游。」

成哉終於恢復了笑容。我看著他的臉，覺得自己僵硬的心也稍微帶有一點水分，變得滋潤起來。

「那就一會兒見。」

我走向自己的蒙古包。

「等水管修好，可以泡澡的時候，我馬上去叫妳。」

成哉也走向另一個方向。陽光很烈，站在陽光下短短幾分鐘，臉和後背就被曬得刺痛起來。

吃完午餐，等了很久，水管仍然沒有修好，我在無奈之下，只好又去成哉昨天帶我去的源頭。即使躲在蒙古包內，也只是一個人生悶氣。當我經過修水管的現場時，看到成哉渾身濕透，蹲在地上。那個主廚和之前曾經見過的工作人員也都在一起修理。在蒙古，可能覺得自己動手修理任何東西是理所當然的事。我覺得那名主廚比起身穿一看就知道是新買的廚師服，更適合在這裡修理水管。我沒有向他們打招呼，就走了過去。當我走在草原正中央的那條通往天堂的路時，迎面走來的女人突然對我說話。

「妳好，我叫糯米粉。」

她說話的聲調就像是勉強在不穩定的海浪上衝浪。

「糯米粉？」

突然有人用日語對我說話，我感到驚訝不已。

「妳想不想體驗一下礦泥敷體療程？」

她說的日語並不流暢，簡直就像機器人在說話，沒有抑揚頓挫。

成哉發現我們在說話，從後方叫了我一聲。

「美咲，糯米粉就是那個大媽的女兒，不對，是姪女。聽說那裡的SPA很舒服，在這裡也很受歡迎，而且她也會說日語。」

我不等成哉說完，就向糯米粉鞠了一躬說：

「麻煩妳了。」

也許是因為來這裡之後，飲食突然變成以肉類為中心，所以肚子從剛才就有點怪怪的。之前在義父母那裡時，腸胃狀況還很正常，來這個度假村之後，突然不太平起來，好像同時出現了腹瀉和便秘的感覺，肚子一直悶悶的，很不舒服，而且胃從剛才開始，就好像被人捏爛了一樣痛死了。

成哉代替我和她交涉了價錢，和日本相比，金額便宜得嚇人。我跟在糯米粉身後走去小屋。

「請妳脫剛剛。」

她說了一句我完全聽不懂的日文。

「脫肛肛？」

我模仿她說的話反問。

「衣服、全部、脫。」

她用單詞拼湊出想要表達的意思。

「原來是脫光光。」

我聽懂了她的意思，重新說了一次。

「對對對，就是這個意思，脫光光。」

糯米粉的臉上露出了笑容。雖然有點排斥在剛認識的人面前脫光光，但想到日本的溫泉也一樣，於是就立刻脫下了衣服和內衣褲。

「請妳、躺在床上，臉朝上面。」

她又用機器人的聲音對我說。鋪了塑膠布的床單上，已經塗滿了漆黑的礦泥。我躺在上面，覺得有點溫暖。我仰躺在礦泥上，糯米粉又從像泥沼一樣的地方撈起礦泥，從脖子開始抹在我身上。礦泥和昨天泡的溫泉一樣，有一點像白煮蛋般硫黃的味道。

溫熱的礦泥真的很舒服。轉眼之間，我的脖子、腹部、大腿和指尖都被抹上了礦泥。當我的身體完全被礦泥覆蓋時，糯米粉吆喝一聲「嘿喲！」用床單把我的身體包緊。我的手腳完全失去了自由，簡直就像是襁褓中的嬰兒。接著，她又用塑膠布把我蓋得密密實實。

熱氣都悶在塑膠布內無法散出去，所以有點熱，糯米粉又在我臉上抹了礦泥。雖然我看不到自己的樣子，但如果旁人看到，一定覺得很滑稽。

「Fifteen minutes。」

糯米粉用標準的英語說了這句話後，走出了小屋。我感到全身舒暢，好像都融化在礦泥中。

也許是因為昨晚幾乎沒睡，我的意識很快就開始模糊。我似乎做了簡短的夢，但不記得內容了，只希望這樣渾身是泥到永遠。我好幾次都被自己的鼾聲吵醒，但隨即又墜入了昏睡的世界。沒想到我竟然來到蒙古做礦泥敷體療程。

糯米粉唱著歌回來了。雖然我還想繼續躺著，但既然有規定時間，也只能作罷。我感覺到自己被礦泥包覆的身體流了很多汗，把累積在身體裡的廢物都逼了出來，整個身體都變輕盈了。

糯米粉依次打開了塑膠布和床單，然後清除我身上的礦泥。

「太舒服了。」

我小聲對她說，避免嘴巴周圍的礦泥掉進嘴裡。

我發現糯米粉的工作很耗體力。實際摸了之後，發現礦泥比我想像中更重。使用過的礦泥又再放回像是泥沼的地方。糯米粉都是自己完成每一項作業。

我起身後，走向那個泥沼，上面架了一塊木板。我蹲在木板上，糯米粉用熱水沖洗我的後背，皮膚變得很滋潤光滑。接著，我自己用熱水沖洗身體，清除殘留在身上的礦泥，然後用熱水沖了臉，發現自己的皮膚變得像嬰兒一樣細嫩。

「妳擦乾身體後，穿上衣服，去對面泡澡。今天不要太累了，絕對不可以吃冷食或冷飲，明天身體就會很舒服。」

「謝謝妳，拜拉魯拉。」

我在胸前合起雙手，向她鞠了一躬，結完帳後，走出了小屋。走進大媽告訴我號碼的房間，發現浴池裡的水剛好裝滿了。

「啊。」

當身體沉入浴池時，忍不住發出了嘆息。簡直是極樂世界。真希望在太陽下山之前，都一直泡溫泉。我覺得終於找到了自己的容身之處。昨天第一次來這裡時，還大吃一驚，覺得簡直就像監獄的水房，沒想到這麼快就習慣了，連我自己都對此感到驚訝。我在浴池內又快睡著了。

因為沒有時鐘，我不知道泡了多久，當我神清氣爽地走出小屋時，發現糯米粉和成哉在外面開心地聊天。

「水管修好了。」

成哉看到我走出小屋時對我說。

「辛苦了，但是這裡的溫泉也很舒服，糯米粉的礦泥敷體也很讚。」

「嗯，我剛才聽她說了，聽說妳睡得很舒服，即使她叫妳，妳仍然呼呼大睡。」

糯米粉太可惡了，竟然把這種事告訴成哉，但因為泡完澡，心情太好了，所以我就沒有多計較，更何況我的確睡著了。

「等稍微再涼快一點，我們去散步。糯米粉剛才告訴我怎麼去一個視野絕佳的山丘。」

陽光為成哉的側臉鑲了邊，閃著金色的光芒。

「好啊，昨天到今天都完全沒運動。」

「但我也去洗一下澡，馬上去妳的蒙古包找妳。」

「一會兒見。」

我向成哉打完招呼，就轉身離開了。放眼望去，眼前是一片雄偉的景色。來到蒙古之後，已經對這樣的景色習以為常了，但是仔細思考之後，就發現以前在日本從來沒有看過這樣的風景。來蒙古似乎是正確的決定。我覺得封閉我心靈的簾子，似乎又拉開了一點點。

成哉洗完澡後，我們一起去散步。我只在臉上抹了防曬霜，因為我完全不想化妝。只不過走了很久，仍然無法走到山頂。這裡和日本不同，因為周圍完全沒有房子，所以很難掌握距離感。終於來到山頂時，已經氣喘吁吁了。成哉把原本綁在腰上的襯衫鋪在地上給我坐，但因為下面都是凹凸不平的岩石，屁股還是很痛。

我突然聞到一股香氣，原來是成哉帶來的水壺裡裝了咖啡。

「雖然可能有點淡。」

他把整個水壺都遞給我，我拿起水壺直接喝了咖啡，的確有點淡。而且可能走過來的這段路上冷掉了，咖啡變得有點溫溫的，但是很好喝。

「成哉，我想問你一個問題。」

我又喝了一口咖啡後，沒有轉頭看他的方向問道。

「你的夢想是什麼？」

我來蒙古之後，就一直在思考這個問題。

「夢想嗎？雖然我不知道能不能稱為夢想，但我很希望以後能夠對蒙古有所貢獻。」

成哉斬釘截鐵地說，然後接過我手上的水壺，咕嚕咕嚕喝著咖啡。

「你太了不起了，所以目前正在為這個夢想努力，哪像我，還不知道自己要幹嘛。」

「幹嘛？一點都不像妳說的話，我至今仍然記得妳當年競選圖書委員長時的演說。」

「別提這種陳年往事了。」

我真的感到無地自容，雙手輕輕推著坐在我旁邊的成哉上半身。我覺得內臟的每個角落都紅了起來，而且快發癢了。沒想到成哉竟然還記得這種事。

「呃，我想一想，開頭的第一句話是，書籍是心靈的糧食，可以讓人生更加充實。」

「我不是叫你別說了嗎！」

我大聲打斷了成哉。但是，我當初的確在全校學生面前發表了演說，而且最後總結說。我希望把精采的書送到更多人手上，所以我以後想當編輯。

現在回想起來，明明是競選圖書委員長，竟然說這種偏離主題的內容，簡直讓人羞紅了臉，但是那個時候很認真。我激動的演說贏得了熱烈的掌聲，當時得意死了。

「太丟臉了。」

「哪會啊。」

「你更了不起啊。通常轉學生競選學生會會長，根本不可能真的選上。」

成哉是轉學生，在二年級那一年春天，才轉到我就讀的那所國中。我沒有聽他提過之前在哪裡讀書。

「不，我那時候爛透了。」

「為什麼？」

他的回答太出乎我的意料。他是全校最受歡迎，也最有威信的學生。但是他並不是那種書呆子學生，就連一些不良的學生也都很喜歡他。只要有成哉的地方，氣氛就很活躍，充滿活力。不僅是學生，就連老師也很喜歡和成哉在一起。

「因為那時候我一直在欺騙自己。」

「欺騙？」

「對，我偽裝自己。我只是想要受歡迎，所以迎合別人。我媽是單親媽媽，我不希望別人說，兒子是因為這個原因不成材。我媽生下我之後，她的父母就和她斷絕了關係，我從小就覺得無論如何都要成為媽媽的精神支柱，於是我就搶先做一些周圍人感到高興的事，其實我根本不在乎什麼學生會會長。」

「你能夠付諸行動，就很了不起了。」

「也是啦，但其實只要掌握訣竅，這種事就很簡單，只不過像那傢伙一樣，堅持自己的想法，才真的是一件困難的事。雖然我並不是認同自殺這件事。」

他果然提到了山田的事。我一直覺得要找機會和成哉好好聊一聊山田，這時突然想到，也許是山田引導我來到蒙古。雖然我完全沒有任何根據，只是憑直覺這麼認為。

我又從成哉手上接過水壺，喝著咖啡。山麓有幾匹馬在獨特的吆喝聲中狂奔。

「成哉，你為什麼沒有進公司上班？」

我抱著膝蓋，把下巴放在膝蓋上，看著成哉的眼睛問。我也知道這是直搗核心的問題。成哉停頓了一個呼吸的時間，緩緩開了口。

「因為我已經不想再欺騙自己了。至於我什麼時候產生了這種想法，其實就是去參加他守靈夜的時候。」

成哉說到這裡，不知道是否想起了什麼，突然哽咽起來。他用力咬著嘴唇，等待內心的感情漸漸平靜。我不知道該怎麼辦，拿起他的左手，夾在自己的雙手之間。

「沒事。」

成哉用力吞著口水，把手放回原來的位置後，繼續說了下去。

「他媽媽向我道謝，說謝謝我和她的兒子成為好朋友。他上了大學後，也跟他媽說，仍然和我很要好，但其實我們幾乎沒有見面了。那一刻，我覺得他用生命向我表達了無言的抗議，叫我不要再欺騙自我了。」

我轉頭一看，發現成哉哭了。他和我一樣，把下巴放在彎起的膝蓋上。我第一次看到他的眼淚。

「這也是我放棄進公司的原因之一，我覺得必須過自己想要的生活，不是為了別人，而是要為自己而活，於是我就想回報培育我長大的蒙古這片土地。既然有所得，就必須報恩，這是游牧民族的基本。」

「成哉，你和以前不一樣了。」

「是嗎？怎麼不一樣？」

「嗯，上次相隔多年見到你時，覺得你比以前更強壯了。」

「那是因為我曬黑的關係吧？」

「可能也有關係，但我說的是更內在的感覺。」

我無法繼續說清楚。

「妳呢？妳的又是什麼？」

「啊？」

「我們不是在談論夢想嗎？」

話題突然轉移到我身上，我有點不知所措，但是，我想把所有的一切都告訴成哉，我想要毫不隱瞞地告訴他，自己是一個多醜陋、多懦弱的人。

「我以前的夢想，是成為一名編輯。」

在說出口的同時，內心幾乎掀起了狂風暴雨。

「為什麼是過去式？」

我拚命克制著感情，成哉輕輕戳著我的臉頰，似乎在安慰我。

「因為我辭職了。」

我不知道山田的自殺是否對我產生了直接的影響，但也許並非毫無關係。

「我真的一直都很想成為編輯，為了能夠成為編輯，我在高中當然有認真讀書，也考進了第一志願大學的文學院。我一直很嚮往一家出版社，我從大一開始，就寄了好幾次履歷表，希望在那家出版社打工，最後終於如願在大二那年暑假開始，在那家出版社當工讀生。在那裡打工很開心，也許是因為是一家小公司，老闆有時候會親自指導我，雖然自己說有點那個，但我覺得自己工作很出色。雖然我只是工讀生，但也負責一些很重要的工作。因為主管的推薦，我在畢業後就進入了那家出版社工作。這真的很不容易，因為那家出版社向來都不錄取大學剛畢業的學生，而且也有很多人想從工讀生轉為正職員工。但是……」

「但是？」

成哉溫柔地問，用指尖擦拭著我臉頰上的淚水。不能依賴他。我打起了精神。

「我辭職了，在終於得到編輯這個頭銜之後，我突然有一種徒勞感。之前那麼嚮往那份工作，但真正成為編輯之後，發現整天都在處理雜務。我用心寫了一封信給一位作家，結果連續五次被主管打回票。我真的超無奈，其他人只要一次就過關了。」

我回想起當時的屈辱，身體差點發抖。當時，我覺得自己的一切都遭到了否定。這件事也成為壓垮駱駝的最後一根稻草，於是就遞了辭呈。

「妳並沒有後悔。」

成哉既沒有批評，也沒有安慰我，只是直視著我的臉。

來蒙古之前，我認為自己絕對沒有做錯。但是來到蒙古之後，我有點搞不清楚自己是否正確。既覺得自己犯了無可挽回的錯，又覺得自己並不適合編輯這個職業。兩種想法一直在內心拉扯，陷入天人交戰。

「這是我從為數不多的人生經驗中獲得的教訓。」

成哉貼心地說了這句開場白。

「如果遇到了瓶頸，就要去更寬廣的世界，要抬頭往上看。在狹小的世界掙扎，只會讓自己的心胸變得很狹窄，無法擺脫一些無聊的妄想。一旦踏進根本沒有人知道自己是誰，自己連屁都不如的世界，就會知道自己多麼渺小。於是，就能夠痛定思痛，獲得成長。其實我們都是自己限制了自己。」

成哉用簡單的詞彙表達了他的想法。

我覺得這完全就是不久之前的自己。在微不足道的世界中成為第一名就感到樂不可支，明明根本不厲害，卻覺得自己好像完成了很了不起的事，陷入自我滿足。一旦發現自己不再是微不足道世界中的第一名，就頓時失去了所有的自信。

「有道理。」

成哉的話就像是慢慢撒在傷口上的鹽，滲入我的內心。

「原本以為二十歲之後就是大人了，但其實根本還是小孩子。」

我張開雙手，自暴自棄地說，成哉向後躺了下來。

「這樣好舒服，美咲，妳也躺下來試試。」

我也在成哉身旁躺了下來，他輕輕伸出手，讓我躺在他的手臂上。雖然有點害羞，但我決定接受他的好意。

躺下來之後，視野中只有天空，可以切身感受到地球是圓的。我覺得自己發現了很重要的事，我想要把這種感覺說出來，於是就躺在地上，自言自語地說：

「地面原本就不平坦。」

所以，蒙古包的床才是彎的。仔細思考之後，就覺得原來如此理所當然。

「是啊，每次回到蒙古，就深刻體會到這一點。雖然人類都會把路鋪平，房子或是其他的東西都努力保持筆直的線，但是在大自然中，並不存在完全平坦和筆直的東西，歪斜扭曲才是正常。在日本，尤其是在東京，幾乎都是人工的地面，真的很佩服可以用水泥覆蓋所有的地面。雖然這是人類技術的結晶，也的確很了不起。」

「我一直以為，那樣的世界才是理所當然，但其實並不是。」

我在說話時，淚水差一點流下來，我覺得後背感受到的那些凹凹凸凸的石頭太可愛了。

「妳不覺得像這樣躺在大地上，可以聽到恐龍的腳步聲嗎？」

「恐龍的腳步聲？」

「嗯，在日本很難以想像，但是在這裡，就會覺得仍然保留了恐龍曾經走過的大地。想像很多恐龍以前曾經大步走在這片土地上，就覺得恐龍的時代和現在緊密地結合在一起。」

「是嗎？」

我側躺在地上，把耳朵貼著地面。閉上眼睛，傾聽恐龍的腳步聲，但是並沒有聽到像是恐龍的腳步聲。

「美咲。」

我聽到成哉叫我的聲音。因為我閉著眼睛，所以不是很清楚，但我猜想我們的臉距離很近。

「什麼？」

我感覺全身沉浸在令人陶醉的甜美蜜汁中。但是，成哉並沒有繼續說下去，我也並沒有期待。此時此刻，我不想定義我們之間的關係，只想躺在成哉的手臂上，注視天空和大地。

「會不會真的是他帶我們來蒙古？」

「我剛才也想到同一件事，但是我也不太確定。不知道山田現在會不會在天堂後悔，如果還活著，就可以欣賞到很多風景。」

「應該不是天堂，而是地獄吧。」

成哉的這句話中，應該凝聚了各種想法。他一定覺得，早知道應該帶山田來蒙古。

「他現在應該打翻了醋罈子吧。」

「為什麼？」

「因為他喜歡妳啊。」

「啊？我完全不知道這件事，你在糊弄我吧？」

「我才沒有騙妳，但是我說我也喜歡妳，他就退出了。他以前就是這種人。」

如果，我是說如果我和山田交往，山田就不會自殺嗎？我也不會遇到老師嗎？

人和人的相遇，往往會大幅改變人生，讓人生道路轉彎或是停止。我覺得很不可思議，而且我竟然和好幾年沒有見面的成哉，一起躺在蒙古的天空下。

我想著山田的事。想到他留了一本書給我，離開人世的山田。我記得那是一本外國人寫的詩集，也許他送我那本詩集有什麼深刻的含義，但是我完全沒有發現山田隱藏在內心深處的感情。如果是比當時累積了更多人生經驗的現在，就能夠充分感受到山田的魅力，瞭解他雖然沉默寡言，但具有堅強的意志，不會放棄自己的信念，只不過山田已經不在了。

「差不多是烤肉的時間了，我們回去吧。」

耳邊聽到成哉的聲音。

「你為什麼知道時間？」

我揉著惺忪的睡眼問。我發現自己一直睡在成哉的手臂上，倏地坐了起來。

「只要看太陽的位置，不是就知道了嗎？」

「好厲害，你果然很厲害。」

我用雙手擦著可能留在嘴角的口水掩飾著。

天空染成了淡淡的紅色。

「又要吃肉嗎？」

我嘆著氣嘀咕。

「肉類是游牧民族的主食。」

成哉也用強烈的語氣回答。

我用力甩著雙手，大步走下山丘時問成哉：

「你以後要當游牧者嗎？」

「應該會。」

「你不會想念壽司嗎？不會想念熱水澡、免治馬桶，還有星巴克和便利商店嗎？」

我隨便列舉了在日本覺得很理所當然，在蒙古卻看不到的東西。

「也許會很想念，但我覺得自己會很輕鬆地習慣這樣的生活。就好像我很適應便利的生活一樣，應該也會很輕鬆地融入不方便的生活。」

「是嗎？」

我在說話的同時，想起自己也完全適應了原本覺得很像監獄水房的露天浴。

「這裡的生活既沒有電，也沒有電話，和都市的生活相比，簡直就像是原始人。但是，即使這裡到了晚上沒有電，周圍一片漆黑，也並不會崩潰，對不對？手機沒有訊號也只能認命，我覺得這樣反而獲得了自由。」

「也許真的是這樣。」

「既然都已經來這裡了，我們明天騎馬去野餐。」

「好啊，畢竟開了半天的車子才終於到這裡。」

我覺得自己終於能夠和蒙古建立良好的關係了，之前一直覺得內心有異物，有一種卡卡的感覺。

「好像已經開始烤肉了。」

遠方的草原上傳來工作人員圍著篝火喧鬧的聲音。

成哉見狀，大聲地對他們說話。即使我豎起耳朵，也完全聽不懂蒙古話。他們聽到成哉的聲音後，都高舉起雙手。

「太陽下山後就會變冷，妳最好再加一件衣服。我回帳篷一下，也會馬上過去。」

「好。」

我揮手向成哉道別。

把在篝火中燒熱的石頭和山羊肉交替裝進牛奶桶中，最後蓋上蓋子，再放回篝火中蒸烤，這就是稱為霍爾霍克（Khorkhog）的烹飪方法。也許是很少有機會吃到的美味，工作人員都很興奮。白天為我做礦泥敷體療程的糯米粉也來了。糯米粉除了會說日語，也會跳蒙古的傳統舞蹈，在等待烤肉完成的時候，她為大家表演了舞蹈。

秘密用馬頭琴伴奏。我之前曾經在電視上聽過好幾次馬頭琴的音色，但現場聽的感覺完全不一樣，悠揚的音色簡直就像可以滲進草原上的每一根草，就像滋潤柔軟的薄紗覆蓋了大地。糯米粉的舞姿指尖和腳尖都充滿張力，不時展現性感。我持續為秘密和糯米粉用力鼓掌。

難怪大家都引頸期盼，蒸烤山羊肉果然很好吃。每個人直接用手抓起羊骨，小心翼翼地啃著骨頭周圍的肉。這就是地球的味道。山羊只吃這片土地上生長的草長大，這才是大自然的肉。成哉用比我快好幾倍的速度啃著骨頭。

「啊，吃太飽了。」

我把最後一塊骨頭放回盤子時，發現所有人都看著我。

我以為臉上沾到了什麼，用手掌摸著臉頰。

「因為妳之前幾乎都沒吃什麼東西，所以大家都很擔心，但是看到妳剛才吃了很多，大家終於放心了。」

成哉在我耳邊告訴我。

「對不起。」

我反省了自己的幼稚，當場鞠躬道歉。我總是以自我為中心，無法及時發現周圍人對我的愛護。我辭職的那家出版社的老闆，當初也是對我抱有期待，才會破例讓我成為正職員工。

我的胃裡塞滿了肉，吃得太撐了，很想當場躺下來。

等大家都吃完後，才終於能夠起身離席。我很想趕快刷完牙，馬上鑽進被子。睡意悄悄襲來，昨晚幾乎沒睡，今天晚上想要好好睡一覺。

「晚安。」

我心情愉快地向成哉打招呼，打開了蒙古包的門。剛才喝了一口別人遞過來的伏特加，所以走路搖搖晃晃。我迅速刷完牙，換上了睡衣，鑽進被子。今天沒有昨天那麼冷，腳也沒有很冰。

沒想到，這反而變成了災難。

吵鬧聲遲遲沒有安靜下來。因為即使在戶外也不覺得冷，所以大家都走出蒙古包狂歡，而且停在度假村周圍的車子用大音量播放著嘻哈音樂，吵得我根本沒辦法睡覺。我為什麼要在這片大草原上聽蒙古語唱的嘻哈歌曲？白天的時候，那些工作人員聽的像是演歌的歌曲也很難聽，但嘻哈歌曲更是糟透了。

以前曾經看過一本書上寫著，在美國還是哪一個國家的少年監獄中，會讓有問題行為的少年聽他們討厭的音樂，讓他們改過自新。據說是可以培養那些少年的同理心，瞭解自己造成了別人多大的困擾。我覺得自己現在簡直就像那些必須改過自新的少年，好不容易開始覺得自己能夠適應蒙古這個地方，現在全毀了。

「吵死了！」

我躺在被子裡大叫，但是那些蒙古人當然聽不懂日文，即使聽得懂，我的叫聲也會被外面的大音量淹沒。我想要詛咒自己的命運。為什麼我每次都會遇到這種事？好不容易開始漸入佳境，結果突然急轉直下，然後就原地自爆了。這次的旅行也一樣，心情好不容易開始飛揚，卻又瞬間墜落，簡直就像在坐雲霄飛車。這個世界上，沒有比想睡覺時，被吵得睡不著更令人火大的事了。

但我仍然縮在被子裡，一動也不動地忍耐著。我告訴自己，是我的錯，我不該這麼早就上床睡覺。單方面主張自己的權益並不公平，我不想成為這種唯我獨尊的旅客。我想要喜歡成哉的故鄉蒙古這個地方，也包括生活在這片土地上的人，所以我在被子中祈禱時間趕快過去。

但是半夜十二點之後，吵鬧聲仍然沒有安靜下來，反而越來越熱鬧，不知道哪裡傳來了像是卡拉ＯＫ的聲音，其他地方又傳來了合唱的歌聲。蒙古包外面只有蓋了幾層布而已，根本沒有考慮到隔音的問題，再加上是圓形，聲音在周圍繚繞，聽起來更大聲了。

「鬧夠了沒有！」

我大吼一聲，把眼睛湊到鬧鐘前，發現已經半夜兩點多了。我忍無可忍，穿著睡衣，穿上鞋子走出蒙古包。我驚訝地發現，大聲喧鬧的人竟然是度假村的工作人員，他們開著車子在草原上繞來繞去。我看傻了眼，茫然地站在那裡。

「成哉，成哉！」

我不想輸給周圍的噪音，腹部用力，大聲叫了起來。但是，成哉不可能聽到。我悶悶不樂地再次鑽進被子。我果然不應該來蒙古這種鬼地方，錯就錯在我自己跑來這裡。我感到空虛不已，眼淚流了下來。機票錢也不便宜，早知道應該把錢用在其他地方。我現在是無業遊民，還有很多該做的事，根本不該把時間和金錢浪費在這種地方。

黎明時分快四點左右，外面才終於安靜下來。在天快亮時，我才終於可以睡覺。但是在睡覺時也很生氣，心情完全無法平靜，一整晚都睡得很不安穩，根本不知道自己到底有沒有睡著。

「昨天晚上很吵吧？」

隔天早晨，走去餐廳蒙古包時，成哉摸著下巴上的鬍渣，先提到了這件事。

「根本吵死人了，我完全無法入睡。」

我知道自己的表情很可怕，但是我沒有餘裕擠出其他表情。
「因為實在太吵了，我還在半夜叫你的名字，你沒有聽到嗎？」
雖然並不是成哉的過錯，但還是忍不住對著有辦法用相同語言溝通的他發脾氣。
「秘密聽到了，我在其他地方，於是他就來叫我，但是當我去妳的蒙古包時，發現很安靜，我擔心妳已經睡著了，不好意思吵醒妳。」
「那時候我應該還捂著耳朵，根本沒辦法入睡。你知道最吵的人是誰嗎？竟然是這裡的工作人員。這裡不是度假村嗎？天底下有哪家飯店的工作人員會妨礙客人睡眠？在日本根本不可能有這種事。我只是想安靜地睡覺而已，三更半夜大聲放音樂，大聲喧嘩這種事，在蒙古是正常的嗎？」
雖然我想對成哉說這些話，但還是對著他發火。
「對不起，因為是那達慕節，所以大家都太興奮了。」
「這和那達慕節沒有關係！而且你向我道歉，我也很傷腦筋。」
「那晚一點我請這裡的工作人員向妳道歉。」
「算了，沒必要再提了。」

我說完這句話時，湯送了上來。這是來這裡之後，除了肉以外，第一次吃到冒著熱氣的食物，而且裡面還加了蔬菜。我在尷尬的氣氛中喝了湯，其實我很想為喝到好喝的湯表達內心的喜歡，但又很不甘心，眼淚差一點流下來。成哉也沒有刻意想要修復我們的關係，完全沒有說話。我們兩個人都默默地喝著湯，湯裡的肉絲增添了鮮美，還加了大量馬鈴薯、洋蔥、胡蘿蔔和青花菜，而且煮得很軟，我可以全部吃完。

「這是那個主廚做的嗎？」

我還是忍不住好奇地問成哉。和成哉在這樣的氣氛中吃早餐，讓我感到很痛苦。

「好像是額瑪做的。」

「額瑪是誰？」

「不是有一個經常笑咪咪的婆婆嗎？在蒙古語中，額瑪就是婆婆的意思。」

我喝著剩下的湯，蔬菜的味道似乎為身體的每個角落帶來微風。因為昨天一整天都只吃肉，完全沒有吃蔬菜，胃已經相當疲勞，我和成哉幾乎同時吃完。

不可思議的是，喝完熱蔬菜湯後，前一刻的熊熊怒火竟然消失得無影無蹤。

「你說今天要騎馬去野餐？」

我主動聊起開心的話題。

「對，他們會幫我們準備便當，會為妳做加了蔬菜的炸餃子。」

「太好了，所以我們幾點要出發？」

「我們十點出門，因為太熱的話，騎馬也會很累。」

「好。」

我很有精神地回答後走去廚房，告訴額瑪說，蔬菜湯很好喝。額瑪已經在廚房內揉麵粉，準備做炸餃子了。

和成哉兩個人單獨騎馬外出感覺像在約會，我有點害羞。成哉可能告訴了工作人員，昨晚太吵了，我都無法睡覺，他們向我道歉。我們在所有工作人員的目送下，出發前往樹林。起初的速度很緩慢，保持走路的速度。成哉騎在我旁邊，握著我那匹馬的韁繩控制我的馬，所以我很安心。

剛騎上馬背時，因為坐得很不穩，所以有點害怕，幸好有成哉的巧妙引導，我很快就適應了。配合馬的節奏調整呼吸後，就慢慢體會到自己和馬合為一體的感覺。

「美咲，繼續保持，感覺很不錯。」

成哉看起來已經和馬完全同心了。

「因為一旦妳感到害怕，馬就會馬上感受到。」

「嗯，沒問題，我慢慢習慣了。沒想到騎馬這麼好玩。」

天空是一片蒙古藍。我們騎著馬，走在山丘之間的山谷中。風很舒服，視野所及，全都是一片綠色，完全看不到電線。以前只看過這種風景的照片，因為和平時看到的風景完全不一樣，所以沒有真實感，有一種不可思議的感覺，好像走進了電腦製作出來的虛擬世界。

我腦袋放空，騎著馬前進。不一會兒，腳下的草越來越濃密，開滿了粉紅色、黃色、紫色等五彩繽紛的花。馬走在這片花田上，不時停下腳步，吃著腳下的草。周圍都是草原，馬可以盡情吃大餐。

當馬再次邁開步伐時，聽到了「噗、噗噗噗、噗、噗噗噗」的聲音。這種聽起來就像是樂器發出的聲音，是我騎的那匹馬在放屁。

「哇，好臭啊。」

成哉皺起眉頭。明明不是我放屁，卻感到很難為情。成哉說：

「人為什麼會覺得在別人面前放屁是一件丟臉的事？馬不是想放就放嗎？」

「對啊，人類的小嬰兒也一樣。」

「對不對？所以每次聽到馬放屁，我都會想這件事。」

「為什麼會這樣呢？」

我們在說話時，成哉騎的那匹馬也開始放屁。馬放屁時，不像人類一樣只放一次，而是配合走路的節奏，噗噗噗地連環放屁，簡直就像在演奏音樂。

森林很快出現在前方。因為已經好幾天沒有看到樹木了，看到這一小片樹木稀稀落落，好像植樹造林的區域，有一種不可思議的感覺。但也許是因為完全沒有建築物的關係，感覺遲遲無法拉近和樹林之間的距離，只能放鬆心情慢慢前進。

當我的身體能夠完全配合馬的行進節奏時，成哉開始唱歌，他唱的是蒙古語的歌，我完全聽不懂。天空中有一片雲好像被成哉的歌聲吸引，飄到我們頭上，然後又飄走了。

「美咲，妳也來唱歌。馬聽到歌聲就會安心，心情也會變好。」

成哉唱完一首歌時，把腦筋動到我頭上。

「我完全想不到要唱什麼歌。」

我真的一下子想不起自己會唱什麼歌。

「那妳聽到會的部分，就和我一起唱。」

成哉說完，開始唱一首日本歌。我只有在副歌的部分，和他一起哼了幾句。

終於來到樹林，回到了久違的地面。來到樹蔭下，風很舒服。成哉把兩匹馬一起繫在樹上。

「我們在這裡休息一下。」

他從背包中拿出野餐墊鋪在地上。因為我還不習慣騎馬，膝蓋有點痛，於是立刻坐在野餐墊上。

「妳累了嗎？」

「嗯，有一點。」

我咕嚕咕嚕喝著寶特瓶裝的水，然後靜靜地調整呼吸。也許是因為騎馬用到了平時用不到的肌肉，大腿內側和小腿的肌肉都繃得很緊。成哉也在我旁邊坐了下來，注視著遠方的山丘。我覺得這個地球上，好像只剩下我們兩個人。

「說出來很丟臉，來這裡之後，第一次看到這樣的風景時，我覺得很像高爾夫球場。」

我痛恨自己的語彙這麼貧乏。

「不是只有妳會這樣，我每次隔一段時間回到蒙古，就有一種奇妙的感覺，怎麼說呢，就是大自然太完美了，好像是人工做出來的。」

「太不可思議了，明明這裡才是真的，是不是因為我們已經習慣看人工打造的假貨了？」

「但是，我最近開始覺得，其實兩者都是真貨。」

「都是真貨？」

「對，因為我覺得人類拚命努力得到的技術，也是一件出色的事。」

「成哉，你好成熟。」

當我說這句話時，感覺內心深處巨大的感情好像岩漿一樣噴出了地表。我的腦海中浮現了山田的笑容。也許真的是山田帶我來到蒙古這個地方。

「我很慶幸來這裡。」

「是嗎？但是妳從昨天就一直在生氣。」

「對不起，我忘記了重要的事。」

說完這句話之後，我想起了剛才騎馬經過花田時的感想。

「花都開得很漂亮。」

我只是說了這句話，淚水就湧上心頭。我突然想起，我的父母當初就是希望我像美麗的花朵般綻放，為我取了「美咲」這個名字。

「美咲，妳已經很努力了。」

成哉說。

「有嗎？」

「有啊，但是我相信妳可以更加努力。」

我覺得成哉說到了重點。我的確還可以更努力，不能就這樣結束，我還有很多未完成的事。雖然我三番兩次罵那個虛有其表的主廚，但其實我和他沒什麼兩樣。也許正因為和他一樣，所以才會對他只注重外表，卻是個空心蘿蔔那麼生氣。我拿到寫了「編輯」的名片，就覺得自己成為了編輯。明明是我自己錯了，卻全都怪罪周圍的一切。

「我可能犯了無可挽回的錯誤，連我都覺得自己是個廢物。」

「嗯，我也經常有這種想法，但是只要活著，可以一次又一次重來。只要繼續活著。」

成哉特別強調了最後那句話。的確，只要還活著，就會有很多機會。

「山田是一個浪漫的人。」

成哉突然說道，「他只要再撐一下，就會迎接桃花期。」

「是啊，他那種淡淡的憂鬱感，很吸引女生。」

「雖然他總是勉強自己表現得很開朗，甚至會說一些笑話，但其實根本不好笑。」

「雖然我們只看到眼前的事，但是我覺得山田看得很遠。」

來蒙古之前，對山田的感覺很模糊，如今他的輪廓浮現，漸漸變得清晰。

我和成哉聊著關於山田的回憶，但是直到最後，我都無法在成哉面前提起那本借而未還的詩集。我想把這件事作為我和山田之間的秘密，因為我覺得山田這麼希望著，我也想這麼做。回日本之後，我要在書架上找一找這本書。如果找到了，我要好好體會一下山田當年想要傳達給我的話語。也許現在重看，有辦法瞭解山田的一些事。

我轉換了心情，對成哉說：

「我想拜託你一件事。」

我一直想對成哉說，也覺得現在是提出這個要求的唯一機會。

「幹嘛突然這麼一本正經？」

如果看成哉的臉，我會感到難為情，於是看著山頂說：

「你可不可以睡在我的蒙古包？不，我沒有特別的意思，只是覺得一個人睡在那裡很孤單。」

我越說越發現自己的提議很大膽，忍不住陷入了混亂，很擔心成哉會誤會。

成哉想了一下後開了口。

「我並不是聖人，喜歡的女生就睡在我旁邊，我絕對不可能坐懷不亂。當然，如果兩情相悅，當然沒什麼問題，只不過這樣的發展似乎太完美了，好像只是在重蹈我媽和我從沒有見過的我爸的覆轍，妳不覺得這樣的結局太圓滿了嗎？」

我只是想和成哉睡在同一個蒙古包內，並沒有其他想法，只不過他說的話也很有道理。如果有好感的男生睡在我旁邊，我也不可能保持平靜。

「我有一個提議。」

成哉一臉嚴肅地說：

「在蒙古包內培養感情當然是我永遠的夢想。我是在蒙古包中誕生的，很希望能夠延續下去。只不過現在的我，還沒有資格這麼做，雖然我身上流著一半游牧民族的血液，但實際上還無法成為真正的游牧者，所以……」

「所以？」

「今天晚上應該是大晴天，妳要不要也睡在戶外？睡在睡袋裡。」

成哉好像能夠在白天的天空中看到璀璨的星星。
「好啊。」
光是想像晚上和成哉一起躺在草原上，就令人陶醉。
「我會向秘密借睡袋，妳可以睡我的睡袋。」
「我開始期待晚上了。」
這時，成哉說：
「妳又笑了。」
「啊？我才沒有笑。」
「妳別裝傻了，剛才也笑了啊。」
「什麼時候？我根本不記得我有笑。」
「剛才騎馬的時候，妳就已經笑了。」
「我不知道。」
「妳來蒙古第一天時，就已經笑了。」
「你騙我吧？」
「我才沒騙妳，第一天晚上，在蒙古包外刷牙的時候。」

「那裡伸手不見五指，你根本看不到我的表情。」

「但是妳的聲音在笑啊。」

「是嗎？我完全沒發現，人往往最不瞭解自己。」

我在說話的同時笑了起來，表示投降。

一旦笑了，心情就越來越好。當我發出笑聲後，原本綁得很緊的扭曲繩結慢慢鬆開了。

「肚子餓了，我們來吃午餐。」

成哉突然大聲說道，似乎想要改變氣氛。

「嗯，肚子真的餓了，但我要先去尿尿。」

我在說話的同時站了起來。當我定睛細看時，發現有一群羊聚集在遠方山丘上。我也看得越來越遠了。

吃完炸餃子午餐，然後和成哉一起睡了午覺，最後採了野生的草莓帶回去給其他人當伴手禮。

回程時，成哉讓馬跑了一下。去程時，沿途都慢慢走，沒想到回程時的速度漸漸加快。因為站起來會比較輕鬆，於是我就站在馬蹬上。馬時走時跑，在山谷間移動。

最後數百公尺時，成哉放手讓我自己騎。也許他判斷我一個人也沒有問題。我的馬也跑了起來，好像在追成哉的那匹馬。

身體就像在風中融化，消失不見了。

「太棒了！」

我大叫著，和馬一起在草原上馳騁。成哉的馬迅速跑向遠方，揚起陣陣塵土。之前的我一直封閉在微不足道的世界，身體越縮越小，迎面的風似乎撕下了我的表面。雖然也許在旁人眼中，會覺得並不是很快的速度，但我自認為變成了賽馬選手，前一刻還很小的白色蒙古包很快就出現在眼前。

搶先抵達的成哉正在繫馬，我在他的協助下，從馬上跳了下來。餐廳蒙古包後方廚房的煙囪冒著煙。今晚是在這裡的最後一個晚上，晚餐再怎麼難吃，我都要吃得精光。

「泡個澡休息一下，就是晚餐時間了。」

成哉看著太陽在天空的位置說道。這裡根本不需要時鐘，只要看天空中的太陽，就可以知道時間。

「我想去見糯米粉，所以要去源頭的方向，順便再請她幫我做礦泥敷體療程。」

「好，要我陪妳去嗎？」

「沒關係，我一個人也沒問題。」

我覺得所有的風景都突然變近了。

最後的晚上，主廚為我們做了天丼。雖然不知道主廚是不是想要做天丼，反正就是在冷飯上放了很多天婦羅，雖然一看就失去了食慾，但我還是拿起了筷子，執行已經決定的事。

天婦羅是洋蔥、馬鈴薯和高麗菜，主廚可能已經盡了最大的努力，做出不使用肉類的料理。我這輩子第一次吃的高麗菜天婦羅吸了大量的油，軟趴趴的。

我撒了大量鹽和胡椒，把所有東西都塞進了肚子。肚子餓的時候，吃什麼都覺得美味。很好吃，很好吃。我在吃的時候不斷自我催眠，最後甚至覺得搞不好真的很好吃。

「美咲，妳等一下會胃不舒服，不要勉強吃完，剩下不吃沒關係。」

雖然成哉這麼勸我，但我不理會他，繼續吃著天丼，好像在征服以前那個不成材的自己。

把最後一口吃進嘴裡，肚子簡直快爆炸了，今天晚餐的分量就連大胃王成哉也吃不完，我全都吃進了肚子。因為這裡煮菜並沒有使用好油，所以胃已經開始不舒服了，但是我並沒有後悔。

喝完紅茶，走出蒙古包，天空中一片美麗的夕陽。住在其他蒙古包的外國遊客，和來這裡露營的蒙古人，也都抬頭注視著天空。夕陽太美，眼淚在眼眶中打轉。我不知道該如何消化內心的感情，一直站在原地。成哉走了過來，輕輕牽起我的手。我們就這樣牽著手，茫然地看著夕陽。深粉紅色的色彩有點可怕，我覺得天空好像在測試人類的勇氣。然後，轉眼之間，夜幕就籠罩了草原。

成哉說得沒錯，這天晚上沒有風，也不會太冷，是我來蒙古之後最舒服的夜晚。成哉把兩個睡袋放在和緩山丘頂上的平坦地面，秘密被搶走睡袋後，去附近游牧者家借宿。

我鑽進睡袋，把拉鍊一直拉到脖子。

「怎麼樣？睡起來還舒服嗎？」

「嗯，雖然地面很硬，有點痛，但是沒問題。」

「如果妳覺得冷，或是想回去床上睡覺，隨時可以叫醒我。」

「謝謝，但我想應該會很快睡著。」

我在說話的同時，睡魔已經襲來。也許是因為我把天丼全部吃完發揮了正面效果，之前都因為肚子太餓，所以遲遲無法睡著。

快睡著時，我猛然睜開眼睛，發現星星已經開始在天空中露臉。名為「夜晚」的細微顆粒似乎從天而降，這些顆粒在地面堆積，周圍漸漸充滿了夜晚的氣息。今天晚上，一定可以看到美麗的星空，但我無法戰勝睡魔。

「晚安。」

我用最後的力氣擠出這句話，對成哉說。

「謝謝你邀我一起來蒙古。」

「我也要謝謝妳，我很感謝妳來我出生的故鄉。之前我忘了告訴妳，我的名字成哉（Naruya）在蒙古語中，是陽光的意思……」

我來不及聽完成哉說的話，就墜入了夢鄉。

突然聽到有人叫我的名字，我驚訝地睜開眼時，夜空中滿天都是星星。我以前從來沒有看過這麼壯觀的星空。深藍色的天空中，撒滿了無數的星星。我想叫醒成哉一起看星星，但是我豎起耳朵，聽到他熟睡的鼻息聲，於是就打消了叫醒他的念頭。我覺得以後還會和成哉一起來蒙古。八成、一定會來。

我目前躺在很久很久以前，恐龍旁若無人，昂首闊步的同一片大地上。我終於也聽到了恐龍的腳步聲，有點像是誰的心跳聲，噗通噗通噗通地發出強而有力的聲音，時近時遠。

我獨自睜著眼睛，看著滿天星斗。

生命的循環

「這是綜合開胃菜。」

老闆為我準備了兩、三樣下酒菜，搭配我點的單杯白葡萄酒。我出入這家酒吧已經半年，不，可能將近一年了。這家酒吧的氣氛很輕鬆，可以在下班後獨自走進來坐一會兒，吃點東西填飽肚子。最開心的就是酒吧在我家附近，喝完之後，走路就可以回家，所以有時候我每週會來報到三、四次，但其實還有其他理由。

「從這一道開始，順時鐘方向分別是油封雞胗、醋醃蕈菇，橘色的是國王鮭。小楓，這是妳專用的筷子。」

老實說，味道很普通，但是老闆的服務態度，為在充滿殺氣的上班族社會打滾的我帶來極大的安慰。我接過寫了自己名字的筷子，開始吃開胃菜。雅史似乎還沒有來店裡。

「對了，我下個月要去加拿大採訪。」

我把國王鮭放進嘴裡後，突然想起這件事。我不喜歡國王鮭的土腥味。老闆站在吧檯內認真地擦著香檳杯。

「很棒啊，妳什麼時候去？聽說今年可以看到百年一度的鮭魚大產卵。」

「下個月的月初。鮭魚產卵嗎？」

「對啊，我不知道妳是去採訪什麼，如果剛好遇到產卵季節，妳一定要去看看。如果我有錢的話，也想飛過去見識一下。」

老闆的反應出乎我的意料，我有點不知所措。

「老闆，你喜歡鮭魚嗎？」

這個問題可能很蠢，但是老闆雙眼發亮，即使聽到這種蠢問題，也認真地回答。

「當然喜歡啊。以前還在讀書的時候，我曾經追過一位作家，那位作家現在已經死了。他住在阿拉斯加，會拍動物的照片，然後寫一些文章。我當時受到他很大的影響，去查了很多有關那一帶印第安人的資料。啊，現在印第安人是不是變成了歧視語？」

「現在好像都要說美國原住民之類的？」

「不過沒關係，印第安人就是印第安人。」

老闆的語速越來越快。

根據老闆的說明，太平洋總共有五種類的鮭魚，除了我面前的國王鮭以外，還有紅鮭、銀鮭、粉紅鮭和白鮭，不同種類鮭魚的洄游時期也不同。

「鮭魚每四年一次，會洄游到出生的河流，和冬季奧運的年分一樣，所以，每次舉辦冬季奧運，我就坐立難安。那個景象真是太壯觀了，整個河面都是一片紅色。」

「但是牠們為什麼能夠回到自己出生的河流？」

我對鮭魚幾乎一無所知，這是我唯一知道的事。

「沒人知道這個問題的答案。」

老闆自信滿滿地說：「有人說是大自然的規律，也有學者說是因為建造了橫貫大陸鐵路的關係，反正至今仍然是未解之謎。」

接著，老闆又詳細說明了鮭魚如何求偶，然後產卵死去的情況，但是我對鮭魚的產卵沒有興趣，對老闆的說明也是左耳進，右耳出。我對去加拿大出差這件事就有點意興闌珊。

在老闆口沫橫飛地談論鮭魚時，雅史走進店內。我經常來這家酒吧後，有時候會和他聊幾句，有一次在附近的公園巧遇，就一起散了步，之後就越來越熟。該怎麼說，雅史身上完全沒有油膩的臭男人味，一開始就有一種好像認識很久的同性兒時玩伴般的親近感。我們在不知不覺中發展為會去彼此的家裡一起喝茶，一起看借來的電影ＤＶＤ的關係。

我和雅史的視線交會。我們還沒有告訴老闆，我們正在交往的事，所以不能用熟絡的語氣和剛來這裡打工不久的雅史聊天。

我把盤子上最後一片國王鮭放進嘴裡咀嚼著。無論鮭魚是多麼神秘的動物，我還是無法喜歡這種像泥土般的風味。

「我下個月要去加拿大採訪。」

雅史換了制服走進來時，我用生硬的敬語對他說。雅史沒有說話，只用眼睛做了一個表情，收走了空盤子。雖然只有短短幾天，但是想到無法和雅史見面，就突然難過起來。

時序進入十月，我踏上了前往加拿大的旅程。飛了將近十個小時，抵達了溫哥華國際機場。全身疲憊不堪，整個身體就像塞滿了黏土。

入境歐洲時，幾乎不會被問任何問題，但是加拿大的移民官問了一大堆問題。來加拿大的目的？職業？住在哪裡？女性移民官滔滔不絕地發問。上司的朋友的朋友以前來加拿大時，明明是來出差，卻隨口說來觀光，結果被強制遣返。據說在加拿大，一旦說謊，會遭到重罰，所以我只能用不流利的英文，盡可能誠實回答。

只有當移民官問我，是不是第一次來加拿大時，我面帶笑容，假裝清純地回答了「Yes」。說謊時要大膽，才不會被發現。我也因此順利完成了通關，光是這樣，就好像已經完成了一項工作。

在等行李時，我把手機切換成漫遊模式。過了一會兒，收到了兩封電子郵件。一封是公司的上司，另一封是雅史寄來的，但是我都不想馬上看。剛才在飛機上完全沒有睡覺，一直盯著小螢幕看電影，所以視力有點模糊，現在很想趕快躺下來休息。

我搭機前寄的兩件行李遲遲沒有出現。一群身穿制服的女高中生在行李轉盤周圍大聲喧鬧。明明擠在狹小的座椅那麼長時間，為什麼還能夠露出這麼燦爛的表情？在她們眼中，我已經是如假包換的中年婦女了嗎？也許我和她們的媽媽年紀差不了多少，帶隊的老師一看就知道比我年輕。

大行李箱很快就出來了，另一個行李箱遲遲沒有出現。我也搞不懂自己為什麼要帶那個行李箱來加拿大，因為裡面完全沒有任何我這次行程需要的東西，所以即使我不領那個行李，就這樣離開機場，也完全不會有任何影響。真希望就像把垃圾丟去太空一樣，那個行李箱被送去世界盡頭的無名機場，永遠離開我，然後就在那裡腐爛。

我正想著這些事，熟悉的行李箱從黑色簾幕後方出現了。花卉圖案的外布快破了，整個行李箱看起來很破舊，輪子也壞了，有些地方用膠帶補強。現在已經沒有人用這種行李箱了，可能連碰都不想碰。我看到這個行李箱，心情也頓時變得很差。

不會有人拿錯那個行李箱，所以它順利出現在我面前。站在我身旁的白種男人發現我走向那個行李箱，立刻悄悄後退。雖然沒有露出明顯的厭惡態度，但可以感受到他想要極力保持距離，如果可以，完全不想靠近，甚至不想呼吸那個行李箱周圍的空氣。他一定用力憋氣，盡可能不呼吸。

失去原來功能的行李箱又重又難搬，簡直就像在泥濘中拖著輪胎前進。退化的時間就像怪物一樣，宛如肉眼無法看到的霉斑，帶著重量，緊緊黏在布料的纖維周圍。每次在地面滾動，就會發出嘎答嘎答可怕的聲音。

我右手拿著自己的黑色新行李箱，左手拿著這個花卉圖案的舊行李箱走出機場。飛機降落至今，已經將近兩個小時了，雖然飢腸轆轆，但我不想走進世界各地都可以看到的星巴克。

在機場往市中心的電車上，我才終於打開放在背包裡的資料。原本打算在飛機上看，但是在座位狹小的飛機上，實在不想看任何文字。我中午過後從成田機場出發，因為時差的關係，現在還是同一天的上午，陽光無情地從車窗外照進來。必須重新再過一次今天，簡直煩透了。我覺得很吃虧，好像遭到了懲罰，而且因為已經十月了，我以為溫哥華的天氣很冷，特地穿了厚重的衣服，但長袖襯衫的後背已經濕透了。

半個月前，上司指示我來加拿大出差。聽到加拿大這三個字，我有一種好像被偷襲的感覺。我在一家大型編務公司任職，這次要推出一本介紹世界各地生態城市的觀光導覽書。我原本負責歐洲地區，但負責北美地區的人請產假，臨時決定由我負責採訪加拿大，主要任務是開發溫哥華的美食。

上司當然不可能知道我和加拿大之間的關係，但是剛好在這個節骨眼派我來加拿大出差這件事，還是讓我有點不知所措。一直以來，不要說加拿大，我甚至一直刻意遠離北美。雖然我也可以隨便找一個理由，請別人代替這次出差，但我還是接受了上司的提議。說到底，還是因為時間點的關係。一定是因為那個女人已經離開這個世界，我才想來這裡看看。

我至今仍然清楚記得當我告訴春子阿姨，我要去加拿大出差時，她發出的驚訝聲音。

「啊？妳去那種地方真的沒問題嗎？」

春子阿姨最先擔心我的狀況，大聲問我。

「嗯，因為是工作，所以也沒辦法，更何況那個人已經不在這個世界了。」

我一直告訴自己，一定沒有問題，然後這麼告訴春子阿姨。

而且我內心也有一絲渴望，想去看看自己出生的地方。雖然我也不知道自己為什麼會有這種想法。

據說溫哥華有許多世界各國料理的餐廳，所以我很期待。加拿大是移民國家，溫哥華位在加拿大的中心，所以可以吃到世界各地的美食。溫哥華是美食的城市，只是目前還沒有受到太大的矚目。

剛才還很空的電車漸漸擁擠起來，我覺得和剛才的感覺不太一樣，這才發現電車駛入了地下。車廂內有各式各樣的人種，即使同樣是亞洲人，也完全分不出是泰國人、中國人還是日本人。

我把行李箱貼近身體，努力騰出更多空間。花卉圖案的行李箱發出好像餿掉般的霉味，我忍不住把頭轉到一旁。我到底為什麼要帶這個行李箱來這裡？我在回國之前，一定要把它丟掉。

我在終點下了電車，然後搭計程車去飯店。這的確不是我第一次來加拿大，因為我是在加拿大出生的。回溯遙遠的記憶，我的人生從這裡開始。但是完全沒有看到任何令我懷念的熟悉景象，仔細想一想，這也是理所當然的事。這裡簡直就像是未來城市，到處都可以看到窗戶反射著陽光的摩天大樓像釘子一樣刺向天空，也許這個城市還在持續發展，所以還有很多正在建造的大樓。這個城市剛舉辦過冬季奧運，也許還在奧運效應之中，溫哥華和充滿頹廢感的歐洲街道不同，充滿了年輕的活力。

計程車只跳了一次表，轉眼之間就到了飯店。雖然覺得既然這麼近，搞不好走路也可以到，但仔細打量周圍的環境，就發現有很多坡道，不可能拖著兩個行李箱走過來。我不知道該不該付小費，於是就按照計費表上的金額付了車資後下了車。亞裔的司機幫我從行李箱中拿出行李時板著臉，是因為我沒有付小費嗎？還是不想碰那個花卉圖案的行李箱？

我這次訂的飯店是酒店式公寓。只要出差超過四天，我就會訂這種類型的房間。即使晚餐在餐廳吃飯，早餐和午餐可以自己張羅，也可以去附近的市場購買食材，試試各種味道。

我的房間位在摩天公寓的十三樓，只有白色和黑色家具的空間很整潔，一整面都是大窗戶，可以看到遠方的海灣。我打開通往陽台的窗戶，讓房間透氣。如果從這裡墜樓，絕對會當場斷氣。因為實在太高了，我沒有勇氣走去陽台外，但我看到正對面那棟摩天公寓更高樓層的住戶，把椅子搬到陽台上，正在打電腦。即使只是一樣小東西掉下去，如果運氣不好，剛好打中下面的行人，不是會造成重傷，就是當場死亡。我心生畏懼，慢慢從陽台往後退。

除了視野絕佳的客廳以外，還有一間放了一張大床的臥室，浴室內有浴缸。我可以一個人占領這個空間，簡直太奢侈了。仔細想一想，這個房間比我住的地方更寬敞。我回到客廳，打開冰箱，裡面有沒用完的美乃滋和果醬，還有咖啡豆，不知道是否上一個住宿客留下的，碗盤架上也有可以使用的簡單餐具。

我想先去沖澡。因為如果放熱水泡澡，很可能在浴缸裡睡著，所以我決定只沖澡。蓮蓬頭的出水量和溫度都無可挑剔，熱水沖在身上時，才意識到自己的腳冰冷，小腿以下的部分都浮腫，好像氣球一樣鼓了起來。我將日本帶來的、平時愛用的香皂抹在全身，雖然現在可以在當地買到所有旅行必需用品，但是我堅持每次都從日本帶我最愛的、有肉桂香氣的香皂。因為只要使用這種香皂，就可以放鬆全身的緊張，無論身處世界上任何一個地方，都可以保持相同的心情。我用愛用的香皂洗了頭髮和身體，終於感到神清氣爽。

洗完澡，強烈的睡意襲來，簡直就像被鈍器打中了腦袋。我幾乎在快失去意識的狀態下，用浴巾擦了全身的水滴，勉強穿上一件內褲，然後滑進了白色的床單。

聽到滋、滋的低頻聲音醒來時，周圍一片昏暗。我一時搞不清楚自己在哪裡。啊，想起來了，我出差來到了加拿大的溫哥華。我腦袋深處想起這件事，然後下了床，拿起用過的浴巾裹住身體，走去拿手機。我蹲在地上，從背包的口袋裡拿出手機。手機螢幕上出現了「春子阿姨」的名字。

「喂？」

幾個小時沒有說話，我被自己發出的低沉聲音嚇了一跳。

「妳順利抵達了嗎？」

春子阿姨在電話中用好像從頭頂發出來的高亢聲音問我，即使把手機拿到離耳朵有幾公分的位置，應該也可以聽到。

「嗯，剛才到了，我正在休息。」

我在睡覺時遭到突襲，忍不住發出了不悅的聲音。不知道是因為在熟睡時突然被吵醒，還是因為時差的關係，頭痛了起來。

「到了就好。如果把妳吵醒了，真對不起。我剛才看了午間新聞，據說加拿大發生了森林大火。」

「加拿大的哪裡？」

我問，春子阿姨說了一個我完全沒聽過的地名。

「別擔心，應該離這裡很遠。」

雖然我並不知道發生森林大火的具體地點在哪裡，但是為了避免春子阿姨繼續擔心，我隨口這麼回答。加拿大比日本大好幾倍，土地的規模完全不一樣。

「如果我知道什麼以前的事，再和妳聯絡。」

春子阿姨補充了這一句，從她說話的語氣似乎在說，這才是她打這通電話的主要目的。

「謝謝，我有事也會隨時和妳聯絡。」

我用還沒有睡醒的聲音說完後，掛上了電話。

手機的時間顯示目前剛過下午一點半，所以我從日本出發，幾乎已經過了整整一天。加拿大在十月底之前都是夏令時間，和日本有十六個小時的時差，所以溫哥華這裡目前是晚上九點半。

我想回到床上繼續睡，但是如果不趕快適應這裡的時間，就會對明天之後的工作產生影響。我從剛才拿出來的換洗衣服中，隨便拿了一件穿在身上，然後把從日本穿來的衣服丟進滾筒洗衣機內。打開櫃子，發現裡面有很多洗衣精。

我覺得很冷，這才發現窗戶一直開著。白天的時候因為有陽光，所以覺得很熱，入夜之後就有點寒意。我關上窗戶後往下看，發現仍然有人在小路上走動。大致觀察後，覺得並沒有危險。那就出去吃點東西。除了搭機時發的零食以外，我沒有任何像樣的糧食。我只要走大路，應該不會有危險。

我在電梯內終於把手錶調成當地時間，十月初的溫哥華街頭吹的風帶著寒意，就像是打開冰箱門時的感覺，好像有一隻冰冷的手伸進衣領，我的身體忍不住抖了一下。

雖然有點緊張，但是我並不討厭幾乎沒有任何預備知識，只憑直覺走在陌生城市的感覺。我記住了經過的路，然後轉彎，沿著坡道而上。如果迷路，只要攔計程車就好，所以我在紙上抄下了酒店式公寓的大樓名字和地址帶在身上。

其實完全不必擔心，走到大馬路時，就發現那裡是隨處可見的觀光區。這條馬路應該是溫哥華市中心的主要道路，無人不知的名牌精品店和GAP、班尼頓這些年輕人的時尚品牌商店適度地出現在街道兩旁，有銀行，有教堂，也有地鐵站。街道的感覺似乎和澳洲的城市很像，走在溫哥華的街頭，不時陷入一種錯覺，以為自己走在雪梨或是墨爾本。

即使不必刻意尋找，到處都是餐廳。有中餐廳，也有義大利餐廳，有速食店，也有高級餐廳，各類餐飲一應俱全，但是我還沒有完全融入這裡的時間節奏，晚餐不想吃太飽，只要能夠稍微填一下肚子就足夠了。

我從大馬路轉進岔路，看到一家很大的超市。那是來加拿大之前，一位工作上認識的朋友告訴我的、專賣有機食品的超市。我想起那位朋友告訴我，溫哥華的超市商品很齊全，也有內用區，如果不想去餐廳吃飯，也可以在超市的內用區吃點東西，於是就情不自禁走了進去。我目前就是想吃這種輕鬆的餐點。

我坐在可以看見人來人往的窗邊座位，吃著口袋三明治。在日本完全無法想像一人份的口袋三明治竟然這麼大，烤過的口袋麵包中間夾了切成細絲的小黃瓜、萵苣和水煮雞肉，只要吃一份口袋三明治，就同時攝取了蔬菜、肉和碳水化合物。雖然我很想再吃一份甜點，但吃完口袋三明治，就已經飽了。

我喝完了紙盒內最後一口石榴口味果汁，這樣總共不到五加幣，感覺太划算了。填飽肚子後，我在超市的貨架之間逛了起來。

我在打量玉米片等穀物片的貨架時，有一種難以形容的解脫感。為什麼會這樣？我認真思考了一下，發現是因為沒有那個行李箱的關係。原來是這樣，難怪我從剛才開始，呼吸就很輕鬆。

其實我早就已經自由了。我從那天開始，就已經解脫了。因為那個行李箱一直在身邊的關係，所以才沒有及時發現這件事。太棒了，萬歲。我很想當場跳起來大聲歡呼。如果我有錢，真希望可以把整家超市都買下來帶回日本。

想到這裡，突然清晰地回想起那一天，春子阿姨打電話給我的內容。那是告知我和春子阿姨獲得自由的幸福通知。

我相信春子阿姨當時的心情就和我此刻相同。

「終於結束了。」

春子阿姨在電話中這麼對我說。

「結束是什麼意思？」

雖然我有了模糊的預感，但還是想要聽春子阿姨明確告訴我。

「妳媽媽死了，機構的人剛才打電話通知我。」

春子阿姨告訴我之後，在電話彼端吸了一下鼻子。我很清楚，那個聲音絕對不是因為悲傷，但如果要問是不是百分之百的喜悅，恐怕也不是。總之，我和這個世界上唯一親人的春子阿姨，都發自內心為終於結束了漫長的搏鬥鬆了一口氣。

我已經疲憊不堪，身心遭到嚴重摧毀。雖然地球上有好幾十億人口，但只有我和春子阿姨兩個人，能夠理解這種感情。

「葬禮呢？」

春子阿姨帶著一絲顧慮問我。

「怎麼可能辦……」

我的話還沒說完，春子阿姨就說：

「是啊，她已經死了，妳不會想再和她有任何瓜葛。」

春子阿姨鬆了一口氣說完後，又問我：

「她的骨灰要怎麼處理？」

即使如此，春子阿姨仍然沒有說「她的灰」，而是說「她的骨灰」。

我覺得很像春子阿姨的風格。

「我才不要。」

我冷冷地回答。事到如今，把她的灰燼交給我，也只是增加我的困擾。

「請他們幫忙丟掉。」

我用更強烈的語氣補充，努力正確傳達自己的意見。

「好，如果妳認為這樣比較好，那我就請機構的人這麼處理。即使拿回來，也不知道該放哪裡，也不可能放進我家的墳墓。我不能給我老公添更多麻煩了。更何況我也不想和姊姊埋在同一個墳墓。小楓，妳也一樣吧？」

春子阿姨向我確認。明明是相同的父母所生，她們姊妹兩人為什麼有這麼大的差別？這是永遠的不解之謎。也許人類的個性，或是之所以成為那個人的一切，都是天生注定的。

然後，我們相互慰勞彼此的辛苦。

我和春子阿姨是用生命和共同的敵人奮戰的同志，是戰友。如果這個世界上沒有春子阿姨，我覺得自己應該已經不在這個世界了。我之所以能夠勉強保有身為一個人的心，像這樣正常工作，都是春子阿姨的功勞。

準備掛電話時，春子說了一句「啊，對了」。聽她說話的語氣，完全不像是臨時想起來，我覺得很有趣，很像是演技很差的春子阿姨的作風，我差點笑出來。

「怎麼了？」

「嗯。」春子阿姨似乎有點難以啟齒，但還是說了下去，「姊姊有東西寄放在我這裡，說希望她死了之後，我再交給妳。」

春子阿姨曾經去收容她的機構見過她一次。幾年前，也是春子阿姨找到了變成遊民的母親。

我打起精神，繼續和春子阿姨聊天。

「是什麼東西？」

即使她留了東西給我，我也完全不想要，但還是有點好奇她到底留了什麼給我。

「是行李箱。」

春子阿姨嘆著氣說。

「我在街頭找到她時，她就是拖著這個行李箱在走路。」

家人中有人是遊民，任何人都不會覺得是一件光彩的事，但是，我和春子阿姨都無法再拯救她了。因為之前已經受盡了她的折磨，從現實的角度來說，我們已經無法和她有任何牽扯。

「她也同時把鑰匙交給了我。」

電話中響起春子阿姨極度無奈的聲音。

「那個行李箱在哪裡？」

雖然我知道春子阿姨沒有任何過錯，但是說話的態度還是忍不住很不客氣。我覺得春子阿姨根本不需要告訴我，把那個行李箱丟掉就好。春子阿姨的老實讓我有點不耐煩。

「我家的儲藏室。」

春子阿姨越說越小聲，最後幾乎幾成了氣聲。我們之間陷入了短暫的沉默，那是像鉛塊一樣沉重的時間。

「好，那可以請妳用貨到付款，寄到我家嗎？平時我到家都很晚了，最好週六或是週日送到，時間就選中午過後。」

我努力用開朗的聲音說道。因為我覺得不能再依賴春子阿姨了。春子阿姨已經代替我處理了所有麻煩事。

在掛電話前，我對春子阿姨說：

「春子阿姨，謝謝妳。」

說完這句話，淚水突然奪眶而出。我對母親死了這件事完全沒有絲毫的難過，但回想起至今為止發生的一切，就覺得太痛苦，忍不住流下了眼淚。

「事到如今，不需要再說這些。」

春子阿姨的聲音也因為淚水而哽咽。

「因為真要說的話，是因為我的媽媽生下了她，我只是代替媽媽收拾殘局。」

我很敬佩春子阿姨的責任感，按照這個邏輯，也許應該由我這個女兒為她擦屁股。

在通話結束的那個週末，我收到了花卉圖案的行李箱和一把小鑰匙，但是我無論如何都不想打開，只不過也無法就這樣丟掉。因為我覺得萬一裡面是一部分已經腐爛的屍體就慘了。

這是一個半月前發生的事。母親死了之後，我還沒有和春子阿姨見過面。因為我已經受夠了只是因為有血緣關係，就被捲入一堆麻煩事，所以不想有更密切的關係。這是我內心真實的想法。

我用力甩著自由的雙手走在路上。

即使不看地圖，也可以大致瞭解溫哥華的街道。只要記住最先走過的那條大馬路，就不會走錯路。這裡和歐洲不同，很少有歪七扭八的路，除非是完全沒有方向感的人，否則不會迷路。我記得酒店式公寓所在的位置，決定走和剛才不同的路回去。

我住宿的那棟摩天大廈的高塔就在前方，我走進便利商店買水。這裡也有和日本相同招牌的便利商店，所以令人安心。我不知道溫哥華的自來水能不能直接飲用，但還是有備無患。明天早上我打算去附近一家看起來不錯的咖啡店，所以只買水而已。

我走進便利商店時沒有發現，但是當我打開門時，突然有一個紙杯伸到我面前。

「錢，給我錢。」

一個女遊民眼神空洞地小聲對我說。仔細一看，還有其他遊民在便利商店周圍徘徊。我瞬間緊張起來，以為是母親。快要冬天了，女遊民光著腳蹲在地上。

她不可能出現在這種地方。我很受不了前一刻心生畏懼的自己。

她已經死了。

另一個我在對那個女人仍然心有餘悸的我耳朵悄聲說道。在那個女人離開人世之前，我一直活得膽戰心驚。走在路上，很擔心會遇到她，也很擔心她會找到我，然後在後面追我，更擔心她就像剛才那個女人一樣，把滿是污垢的手伸到我面前，向我要東西，或是要我幫助她。

這麼一想，每天上下班走在路上，或是週末慢跑時都感到惶恐。每次看到紙箱，就感到毛骨悚然，立刻移開視線，我的身體至今仍然無法改掉這種習慣。

每次遇到這種情況時，我都會想，原來世界上有兩種人類。

一種人有慈父慈母，另一種人的父母不負責任。

這兩種人恐怕一輩子都無法理解對方。有慈父慈母的人，永遠都無法真正瞭解像我這種有不負責任的母親的人內心的痛苦、糾葛和悲傷。雖然很悲哀，但這是事實。

我的兩側腋下夾了兩瓶很重的寶特瓶裝水回到房間，放在桌子上的手機在發光。打開一看，發現雅史曾經打電話給我。我和他交往才幾個月而已，我當然還沒有把那個女人的事告訴他。如果他知道我是遊民的女兒，會不會夾著尾巴逃走？他才二十多歲，比我小七歲，當然不要和我這種在複雜的家庭環境下長大的人在一起比較好。雖然我想在我們建立深厚的感情之前趕快分手，結果卻是越陷越深。這樣的夜晚很想聽他的聲音，但我猜想他應該是去上班的路上打電話給我，所以我不能回電話給他。

再去沖一次澡就上床睡覺。我在浴缸裡放了水準備泡澡。我利用放水的時間，瀏覽了電子郵件。當我不經意地抬起頭時，發現正對面那棟大廈的某個房間，也有一個女人正在看手機。我的房間光線昏暗，對方應該看不到我，但是對面的房間打開了百葉窗，而且亮著燈，看得一清二楚。有人在下廚，有人在講電話，有人坐在桌前專心看東西，也有情侶一起看電視，簡直就像是實驗室內堆在一起的老鼠籠子。我也是其中一隻老鼠。

我在熱水中加了幾滴薰衣草精油，花時間慢慢泡腳。泡腳有助於全身的血液循環，可以睡得更安穩。我的後背開始冒汗。仔細一想，發現今天過了漫長的一天，我開始神智不清，眼睛也有點睜不開了。當身體暖和之後，我放掉了浴缸的水，沖了澡。走出浴室後，立刻倒在床上。

梅璞兒，梅璞兒。

有人在叫我。

不用問是誰在叫我，因為只有那個女人會這麼叫我，但是我只聽到聲音，卻看不到人。

她明明死了，為什麼還可以發出聲音？雖然我很疑惑，但是無法深入思考。

梅璞兒，梅璞兒。

又聽到了叫我的聲音。

但是這次不是那個女人叫我，而是男人的聲音。

那是經常在湖邊陪我玩的人，有時候把我拎起來，有時候讓我坐在他的肩上。

但是，我想不起他的名字，也不願意想起他的名字。

梅璞兒，妳過來，我陪妳玩扮家家酒。

男人向我招手。

不可以過去。

我試圖出聲制止，但是我一次又一次拚命叫喊，但是無法發出聲音。

我想要活動身體，但好像受磔刑般，完全無法動彈。

絕對不能跟他走。

我用盡全身的力氣，用無聲的聲音吶喊。就在這時，我被自己的呻吟驚醒了。

幸好只是夢。

前一刻夢境中的恐懼，仍然像濕掉的毛毯般重重地覆蓋我的全身，心臟就像在籠子裡失去方向的倉鼠般瑟瑟發抖。

幸好只是夢。

我再次用清醒的頭腦這麼想，然後發現口渴不已，於是下了床。我不知道目前的時間，只知道周圍一片漆黑，但是對面的摩天住宅，仍然有男人認真看著電腦。也許我並沒有睡太久。

原本以為買的是礦泉水，沒想到買了氣泡水，活力十足的氣泡在嘴裡向四面八方跳動。我用力蓋上蓋子後，放回了冰箱。冰箱內的燈太亮了，我忍不住皺起眉頭。

我想起了不愉快的事。

回到因為自己的體溫變暖的床上，閉上眼睛，調整呼吸。

也許我真的永遠無法擺脫那個女人對我的緊箍咒。

也許不是那個女人離開這個世界，而是必須等到我自己離開這個世界，這場奮戰才能夠畫上句點。也許這種痛苦會持續一輩子。當我發現這件事，心情越來越沮喪，陷入了絕望，我看不到對未來的憧憬和希望。

小孩子無法選擇父母，親子關係就像抽籤，我的籤運太差，所以一輩子都無法擺脫「凶」籤。只要我的身上流著那個女人的血液，只要我身體的生命活動持續，也許就必須一直背負下去。

在我的世界，果然不存在希望。我突然產生了這樣的念頭。沒有人能夠拯救我。即使回到了床上，仍然輾轉難眠，然後發現自己一直在回想那個女人的事。

生下我的母親是熱愛嬉皮的狂熱分子。

她十幾歲離家後，就失去了聯絡。

她參加了高呼自由、和平的團體，在世界各地生活。每到一個國家，就在森林內建立自己的團體，過著自給自足的生活。然後，她懷了我。當然不知道誰是我的父親，也許我的身上混了我不曾去過的遙遠國家的人的血液，我個子很高，鼻子也是鷹鉤鼻，五官輪廓比普通的日本人更深。平時走在街上，經常有人用外語和我說話。我到底來自何方？我一直在迷宮中徬徨。

在記憶底層的底層，隱約記得曾經在森林裡生活。母親抱著我，嘴裡經常咬著棒狀的東西。現在回想起來，八成是大麻之類的東西。她整天都不離手。

那裡有很多人陪我玩，也有很多同年的小孩子，所以向來不愁玩樂的事。當時幾乎半裸著身體在原野上奔跑，爬樹抓蟲。因為我從出生之後，就只知道這樣的生活，所以一直以為這樣的生活很正常。當時與世隔絕，所以我出生後也沒有報戶口，生病的時候似乎就用植物等自然的力量或是咒術治病。

雖然我的記憶很模糊，但我在那個團體的生活似乎很快樂。直到發生了那件事。

「梅璞兒、梅璞兒。」

當時除了母親以外，其他人也這麼叫我。

但是我相信那裡的人來自很多不同的國家，所以可能只是叫我「梅璞」。總之，當時那個男人這麼叫我。

「妳過來，我們一起玩。」

他用溫柔的聲音叫我，然後招手叫我去森林深處。我忘了那是白天還是傍晚，但反正不是晚上。當時母親正和一群人圍在一起吹樂器、跳舞。我悄悄離開了那群人，走向男人的方向。我沒有多想，幼小的心靈期待著一定有什麼好玩的事。

當我走到男人面前，他牽著我的手走了起來。雖然我已經忘了他的長相和名字，但我記得當時很喜歡他。母親根本不理我，但他很關心我這個小孩，也很會跳舞，還會唱歌，和他一起玩很開心，所以雖然樂器的聲音越來越遠，但我完全不在意，繼續跟著他走。

我們很快來到昏暗的森林深處。那是在滿月的夜晚進行守夜儀式的地方。我走向男人，很好奇接下來要玩什麼。這時，男人突然轉身面對我，他脫下了褲子，露出下半身。

我不知道發生了什麼事，只是感到很害怕，想要逃走，但是我的頭髮被從來不曾經歷過的粗暴動作用力抓住，他硬是把我的身體轉向他，然後把大腿根部棒狀的東西塞進我的嘴巴。

我咬緊牙關，拚命忍受著溫熱的東西試圖塞進我的嘴巴，痛苦得幾乎無法呼吸。男人的手一個勁地搓個不停。救命，救命。我在心裡拚命向母親求助。

幾秒鐘後，又苦又黏的液體從嘴裡流了出來。我覺得很噁心，忍不住嘔吐，抓住我後背的手突然鬆開了。我戰戰兢兢地抬頭一看，男人的臉上露出了冷笑。我察覺到什麼事結束了，不顧一切地逃離了現場。好幾次都被樹根和石頭絆倒，但我用盡全身的力氣，跑去母親他們所在的地方。

我撲進母親的懷裡，但是無法正確說明剛才發生的事，只是用力抱著母親。但是，那個女人隨手把我推開，自己倒在身旁的男人懷裡。

類似的情況發生了很多次，於是，我靠自己離開了那個團體。記憶的線像串起串珠一樣，把當時不愉快的事串了起來，其他的事都無法順利想起來，但是我很明確地知道，繼續留在那裡就完蛋了。

我猜想必須經過繁雜的手續，才能讓沒有戶籍的小孩子回到日本，春子阿姨從來沒看過我，也從來沒有抱過我，只因為我這個姪女和她有血緣關係，就積極為我奔走。

我這輩子都無法忘記我從加拿大回到日本，第一次見到來成田機場接我的春子阿姨時，她用力把我抱在懷裡的臂力和溫暖。雖然春子阿姨自己也有和我同年的一雙兒女要照顧，但是仍然積極做各種準備工作，安排我進入育幼院。在我進入育幼院之後，每個週末都來和我見面，在我考大學時，為我支付了入學金，在我人生所有的重要關頭，都全力支持我、引導我，全拜春子阿姨所賜，我現在才能像正常的日本人一樣生活。

當春子阿姨取代了那個女人在我心中的位置時，我終於能夠自然入睡。春子阿姨總是為我哼唱寧靜的催眠曲。

溫哥華之行實質的第一天，我走進了昨天就鎖定的、位在車站旁的咖啡店吃早午餐。周圍幾乎都是亮閃閃的嶄新建築物，只有這家咖啡店所在的大樓特別老舊。雖然老舊，但有時間的堆積才能醞釀出的真正歲月美感，以前這裡可能是車站大樓，爬牆虎爬滿長了苔蘚、褪了色的紅磚，爬牆虎也迎接了紅葉季節，紅色和黃綠色在陽光下閃亮。

我猜想這家咖啡店的餐點一定很好吃，果然不出所料。上午十一點走進店裡時還有空位，將近中午時，客人陸續走進店裡。

我沒有等太久，油封鴨和開放式三明治，以及卡布奇諾就送了上來。精緻的擺盤簡直是視覺盛宴，實在太誘人了。我克制了想要先吃為快的衝動，為眼前的開放式三明治拍了照。因為這是工作，此行的目的是採訪。我換了不同的角度，拍了幾張照片後，才終於拿起三明治放進嘴裡。我的直覺完全正確。

在我吃早午餐時，鄰桌的情侶在大庭廣眾之下親熱起來。他們當眾接吻、牽手，不時在桌子底下意味深長地摸對方的大腿。我和雅史絕對不會做這種事。即使沒有人看到，我也不喜歡這種行為。但是，我有點羨慕他們。偌大的咖啡店內，只有我一個人獨自用餐。

我想起以前有一個法國朋友說，用餐和性愛有異曲同工之妙，一個人吃飯，就好像當眾自慰。當時有點難以理解，但現在好像終於瞭解了這句話的意思。和喜歡的人一起用餐，美食就會加倍美味。

回程的路上，我摸著吃撐的肚子走在路上，突然看著地面停下了腳步。昨天也走了相同的路，但可能太暗了，所以沒有發現。人行道上刻著什麼圖案。我好奇地仔細打量，發現是樹葉。

我抬起頭，看到了路旁種植了很多相同樹葉的樹木，深橘色的樹葉宛如在枝頭靜靜地燃燒。

原來這就是楓葉。

我突然這麼想，然後也發現我的名字為什麼叫楓。

在日本很少看到楓樹，雖然去山上或許可以看到，但至少對我來說，不是隨處可見的植物，但是在溫哥華，到處都是楓樹。國旗上也是楓葉，仔細觀察後，很多車上也都掛著小國旗。

我信步走到像是觀光區的街區，那裡有很多賣楓糖漿的禮品店。無論左看右看，上看下看，到處都是楓葉、楓葉、楓葉、楓葉，完全是楓葉的世界，好像無聲地提醒我，妳是在這裡出生的，這裡是妳的故鄉。

這絕對不是不愉快的感覺。曾經讓我避之唯恐不及的加拿大這片土地，張開雙手歡迎我。雖然是我一廂情願，但我真的這麼認為。回家的路上，我走進和昨天不同的超市去買礦泉水，發現那裡也有楓糖漿、楓糖奶油、楓糖餅乾等滿滿的楓糖商品。我覺得好像自己變成了商品，有點害羞起來。

因為買了東西，我決定先回住處一趟。打開門時，剛好聽到手機鈴聲響起。我慌忙衝過去接起電話。原來是雅史打來的。

「喂？」

因為知道對方是誰，所以我語氣開朗地接起電話。這是我來溫哥華之後，第一次和他通話。

男友在電話彼端發出了懊喪的聲音。

「終於打通了。」

「你感冒了嗎？」

他的聲音聽起來和平時不太一樣。

「嗯，因為見不到妳，所以身體有點不舒服。」

他的聲音聽起來真的有點無力。

「有上班嗎？」

「勉強可以應付，我剛收拾完店裡回到家。」

「辛苦了。」

雅史目前是調酒師學徒。

「妳那裡的情況怎麼樣？妳去加拿大之前不是很緊張嗎？」

「是啊，雖然是這樣，但這裡有滿滿的楓。」

「妳是說有很多楓樹的意思？」

「除了實際種植的楓樹以外，地上也有楓葉的圖案，伴手禮也有很多楓糖漿相關的東西，像是肥皂或是口紅之類的。」

「啊，既然這樣，我想要美味的楓糖漿當伴手禮，然後用這個來設計新的雞尾酒。」

「好啊，那我就帶楓糖漿給你，雖然有點重。」

「但是我似乎能夠理解加拿大到處是楓葉這件事，我想加拿大人一定對楓樹感到非常驕傲，因為來日本觀光的加拿大人，幾乎都會在背包上掛國旗的徽章。」

男友的聲音似乎漸漸有了精神。

「是啊。」

我也趁勢提高了音量。在電話中可以清楚聽到對方的聲音，所以完全不覺得我們分別在日本和加拿大。

「這裡也有很多人這樣，那到底是什麼意思？是自豪嗎？因為如果在日本有人掛著太陽旗的徽章走在路上，會被認為是右翼分子吧？」

「嗯，除了這個原因，可能是想要表達他們並不是美國人的主張，不要把他們和美國人混為一談。」

「原來是這樣。」

「因為之前布希當選美國總統時，很多反布希派的美國人都移民去了加拿大，所以即使同樣是盎格魯．撒克遜人，美國人和加拿大人的內在完全不一樣。」

我之前向來認為美國和加拿大差不多，所以男友的意見讓我感到很新鮮。

「楓，先不談這個。」

男友一本正經地叫著我的名字。我想了一下後發現，日本已經是早上了，在酒吧上班的他早就該上床睡覺了。

「雅史，你是不是很想睡？聽你的聲音，就知道你快睡著了。」

「妳不要用這種高高在上的大姐姐態度對我說話！」

雖然我們交往的時間並不長，但他最討厭我們相處時像姐姐和弟弟。

「對不起，你剛才要說什麼？」

「我有重要的事要和妳談，所以我在想，我們可不可以今晚再通一次電話。」

「好啊。」

「那就九個小時後，我打電話給妳。妳一定要接電話，出門的時候也要帶在身上，因為手機就是要隨身攜帶！」

「好啦好啦。」

「真是的。」

男友仍然氣鼓鼓地想要發牢騷，但他聽起來真的很累了，所以就決定掛電話。

「那就晚上再聊，雅史，晚安。」

「晚安，妳千萬不要在國外亂來。」

「好啦。」我用無憂無慮的聲音回答後，掛上了電話。

如果。我突然閃過一個念頭。如果是他，也許會和以前有不一樣的結果。但是，在此之前，必須先告訴他實情。

這時，我又看到了那個行李箱。好不容易和雅史通了話，心情變得開朗了，實在太掃興了。

對喔，可以反向思考，只要不看到那個行李箱就解決了。

我發現了這件簡單的事，把花卉圖案的行李箱放進儲藏空間隔離。和吸塵器和折疊床放在一起，似乎終於為它找到了適合的空間，心情也輕鬆起來。就這樣一直放在儲藏空間，假裝忘記帶回日本，似乎也是不錯的主意。日子一久，這個行李箱就會下落不明。

現在是下午一點半，九個小時後就是這裡的晚上十點。那時候我應該已經吃完晚餐回來了，但為了以防萬一，我還是按照雅史所說的，把手機放進了背包。我猶豫著等一下要去哪裡，於是上網查了一下。搭渡輪可以去位在北側的北溫哥華區，我決定去那裡的公園，也決定了回程時應該可以經過的餐飲區，做好萬全的準備後出門了。

溫哥華是一個清楚明瞭的城市。實際來到此地之後，終於瞭解為什麼大家都說這裡是全世界最宜居的城市了。即使是第一次造訪，也很好懂的交通網，或許也是宜居的條件之一。我才來這裡一天，也能夠自由移動不迷路。

地面上的公車的路線很發達，地下有捷運，而且溫哥華的捷運沒有東京這麼複雜。只要不超過九十分鐘，就可以用一張車票多次搭乘捷運、巴士或是渡輪。讓我驚訝的是，捷運竟然沒有驗票機。舉一個極端的例子，因為沒有機器或是人員驗票，即使逃票也沒有人知道。只不過偶爾會遇到臨時驗票，一旦發現有人逃票，就會罰得很重。除非有什麼特殊原因，否則普通人不會為了省這麼一丁點車票錢冒這麼大的風險，這和進站和出站都要驗票的日本地鐵完全不一樣。我想這是因為加拿大人都很成熟，所以才能夠採用這種不斤斤計較的制度。

我在總站下了捷運後改搭渡輪。

我快步走在路上，尋找搭渡輪的碼頭，不知道哪裡傳來了獨特的音色。我並不需要趕路，於是就走向聲音傳來的方向。那種音色，讓人感覺好像整個身體都被包覆在一個很大很大的氣泡中，悠揚的節奏好像是水母在陽光無法照射的海底悠然起舞。原來是空靈鼓。

一名黑人男子在通往地下道的階梯旁演奏，他看到我停下了腳步，在演奏的同時向我打招呼。空靈鼓的音色完美地溶入了溫哥華秋高氣爽的天空中，我知道自己臉上的表情很柔和。

聽他演奏完一曲後，我拿出零錢包，把硬幣投進他放在樂器前的帽子中。當我看向再度開始演奏的他，他對我露出了笑容。他笑的時候看起來很年輕，搞不好比雅史更年輕。一直站在那裡聽他演奏，他可能會覺得我很奇怪，於是我依依不捨地離開了。他演奏的樂曲雖然越來越小聲，但仍然美妙的音色傳入我的耳朵。旅途中這種不經意的插曲，往往會留下深刻印象。

我搭渡輪穿越了英吉利灣，前往對岸的地區。從遠處看市中心，可以清楚瞭解到巴掌大的半島上，集中建造了多少摩天大樓，而且幾乎所有的建築物的外牆都是玻璃帷幕，在陽光的照射下，反射出好像鯊魚般的顏色。據說這種房子稱為溫哥華建築，也許並不適合地震頻傳的日本。觀察正在建造的房子，也看不出有特別的耐震設計。我伸長脖子，在遠處看到了目前住的酒店式公寓的高樓。

搭渡輪十多分鐘就到了北溫哥華區，和剛才的市中心不同，這裡基本上是住宅區，山丘的陡坡上建滿了房子。

我猶豫著要去卡皮拉諾峽谷，還是要去林恩峽谷公園，最後因為免收門票這個理由，選擇去林恩峽谷公園走一走。我找到了在網路上查到的那班公車，搭上了公車。為了安全起見，我在上車時向司機確認，這班公車是否前往林恩峽谷公園，司機親切地告訴我，這班公車沒問題，他會在到站時提醒我。

公車持續駛向山上。也許在這裡很普通，但我覺得道路兩旁的民宅都很漂亮，也很可愛，簡直就像繪本中出現的房子，令人羨慕不已。

「林恩峽谷公園。」

聽到司機用清楚的發音報了站名，我猛然回過神。

「謝謝。」

我大聲向司機道謝。溫哥華有很高比例的人在下公車時，都會這樣向司機道謝，公車發車超越我時，高大的司機向我揮手打招呼。下了公車之後，還有很長一段上坡道。

終於抵達公園門口時，我覺得已經完成了今天的運動量。原本以為既然是公園，應該和代代木公園或是日比谷公園差不多，沒想到我完全誤會了。公園只是徒有其名，一大片土地都維持了大自然的原貌，但是既然已經來了，就這樣掉頭就走太沒出息了，於是我挑選了最短的健行步道走了起來。

只有很危險，根本沒辦法走的路段才修建了步道，其他地方基本上保持了大自然原來的樣子。最驚訝的是竟然有瀑布。雖然既然稱為峽谷公園，有瀑布也很正常，但是規模太震撼了。因為這裡並不是遠離都市的深山，距離溫哥華市區並不遠，而且我前一刻還在完全看不到任何大自然景象的市中心。

下方似乎有河流，於是我沿著階梯一直往下走，走向河流的方向。中途遇到好幾個帶狗散步的人，能夠在這種大自然環境中自由奔跑的狗很幸福。每次遇到人，彼此都會打招呼。

來到河畔的路上，紅葉更美了。沁涼的空氣令人心神蕩漾，忍不住想要一次又一次深呼吸，把身體內的壞東西全部排出體外，把好的能量吸進身體。好舒服！我在心裡吶喊了好幾次，不時停下腳步深呼吸，然後走向更上游的方向。

不時上坡、下坡後，來到了樹林深處。走到一半，發現完全沒路了，在撥開擋住去路的樹枝和樹葉時，隱約有一種似曾相識的感覺，好像之前就看過，好像很熟悉，這種感覺很奇妙。這是怎麼回事？我納悶地繼續往前走，終於恍然大悟。小時候和那個女人一起住在加拿大時，曾經走在這樣的大自然中。

我覺得自己每走一步，就慢慢變小。我突然有點搞不清楚，走在林恩峽谷公園的到底是成年的我，還是小時候的我。我覺得好像即將回想起其他的記憶，但並沒有實際想起來。我完全失去了和那個女人在加拿大那段時光的記憶，有點像是喪失記憶，有時候讓我感到極度不安。

我繞著健行步道走了一圈，來到了河對岸。也許是因為一直在昏暗的樹林中，當視野突然開闊，感覺就像擺脫了可怕的催眠術。天空仍然一片碧藍，但暮色漸近。河流很淺，只要走在大石頭上，就可以走去對岸，河水太清澈了。

六點多時，我走出了林恩峽谷公園。我看著河水發呆，時間就慢慢過去了。也許我睡著了，身體有一種舒服的疲勞感。

肚子有點餓了，於是走進了北溫哥華區的一家中國餐廳。餐廳門口貼了好幾張獎狀，還有日本雜誌介紹這家餐廳的剪報，我猜想應該不會踩雷。雖然餐廳門可羅雀，但一定是因為時間尚早，七點半過後，絕對就會擠滿擁有奢侈味蕾的饕客。我先點了一杯生啤酒，然後喝著啤酒，翻開像字典一樣厚的菜單，從第一頁開始看了起來。

因為幾個小時前，和雅史通了電話，所以我的目光才會停留在蜜月炒飯上嗎？炒飯上淋了一半白色醬汁，另一半淋了橘色醬汁。上面寫著是本店的拿手菜，想必一定好吃。於是我點了什錦冷盤和蜜月炒飯。不知道是否因為空著肚子喝啤酒的關係，比平時更快有了醉意，整個人都有點輕飄飄的。

什錦冷盤的味道很普通，沒有用心做的菜，其實只要吃一口就知道。八成是三廚想著今晚要和女朋友約會，然後隨便做了這些料理，但我不忍心剩下來，於是就將就著咀嚼著冷盤裡的菜，用已經不冰的啤酒硬是吞了下去。

我有一口沒一口地吃著冷盤，蜜月炒飯送了上來。雖然有一抹不安，正確地說，是不祥的預感，但我告訴自己不要去想這些。只不過不知道該說是不意外還是不出所料，整盤炒飯都散發出難吃的感覺，和剛才看起來令人垂涎三尺的照片完全不一樣。我真想用力拍桌，大聲抗議，但是必須實際吃了之後才知道，於是我把湯匙伸進了盤子上的炒飯。結果真的很難吃。

這真的是做給客人吃的嗎？是不是廚房後門養了一隻貓，然後做給那隻貓吃的？蜜月炒飯真的是這種味道嗎？整盤炒飯完全沒有味道，遠遠超出了味道清淡的程度，完全感受不到廚師想要做出什麼味道。每吃一口，心情好像陷入了迷霧，絲毫沒有心動的感覺，而且越吃越悲哀。和蜜月炒飯相比，冷盤真是好太多、太多了。拿著湯匙的手完全停了下來，與其把這種東西吃進身體，還不如忍受飢餓，最後我連四分之一都沒有吃完。

結帳時發現，這一餐不便宜，讓我受到加倍的打擊。溫哥華雖然是美食之都，但並不是每家餐廳都好吃，而且那家餐廳的中國籍服務生態度惡劣程度，堪稱天下第一，簡直搞不懂到底誰是客人了。我走出餐廳時，也沒有其他客人，想必這家餐廳的風評已經一落千丈。原本還期待可以吃到美食，所以內心倍感空虛。

我突然想起以前的事，忍不住快哭了。

我小時候從來沒有吃過別人用心製作、冒著熱氣的熱騰騰飯菜。

回到市中心後，在超市的熟食區買了炒麵回到住處。我之所以再次挑選了中式餐點，是因為如果不馬上補救回來，我可能會從此討厭中餐。超市的炒麵像樣多了，至少不會讓人吃了感到悲哀。

我沖了澡醒腦，換上睡衣後，就無所事事地消磨時間。打開電視，發現正在播歌唱比賽。可能全世界的電視節目都變無聊了，無論轉到哪個頻道，內容都很無趣，於是只能重複看天氣預報節目打發無聊。

原本以為雅史十點多才會打電話來，沒想到手機九點半就響了。我慌忙把電視的音量設成靜音後，才接起電話。

「喂？」

我用平靜的聲音接起了電話。

「啊，太好了。楓，我還擔心妳又跑出去玩，然後忘了把手機帶在身上。」

雅史的聲音聽起來真的鬆了一口氣。

「雅史，早安，昨晚睡得好嗎？」

「馬馬虎虎，因為昨天這裡下大雨，颱風好像快來了。」

聽到雅史提到「颱風」這兩個字，我似乎聽到了下雨的聲音。

「等一下要出門上班嗎？」

「對，我要騎腳踏車去店裡。」

雅史今天說話時，比平時更彬彬有禮。

「在大雨中騎腳踏車太危險了。雅史，你不是說有話要對我說嗎？」

我說出這句話的瞬間，察覺到雅史用力吞著口水。

「對，這個、就是、那個……」
「你想說什麼？」
「楓，請妳和我結婚。」
「啊？」
「我是說，請妳嫁給我。我會讓妳幸福，絕對不會外遇。」
雅史用認真的態度繼續說了下去。原來他說有重要的事是向我求婚。
因為事出突然，我甚至忘了驚訝，不知道該怎麼回答。
「謝謝。」
我為雅史對我的感情向他道謝。
「這是什麼意思？」
「我的意思是，我很高興。」
「但是妳的聲音完全聽不出是在高興。」
「是嗎？」
「妳還問我是嗎？難道妳聽自己的聲音，不這麼覺得嗎？」
「是啊。」

「那好吧。」

「好什麼啊，我剛才鼓起了極大的勇氣，向我喜歡的人求婚。沒想到妳……」

「雅史，對不起。因為我完全沒有想到你會在現在向我求婚，所以只是很驚訝。但是在此之前，我可能也必須先告訴你一些事。」

連我都對自己的言行感到驚訝。在雅史向我求婚之後，我從來沒有想過會是在這種情境下說這件事。

「我無法做愛。」

我劈頭就直截了當地說。如果遮遮掩掩，一定無法充分表達重要的事，而且我也已經不是會害羞的年紀了。

「你很驚訝嗎？」

雅史沒有說話，所以我繼續說了下去。也許因為是用電話和相隔遙遠的他說話，所以才能這麼順利說出真相。

「妳的意思是沒有可以進入的地方嗎？」

雅史的異想天開讓我忍不住噗哧一聲笑了起來。他聽到我放聲大笑，不服氣地說：

「楓，我們正在討論重要的事，妳不要再鬧了。」

「誰叫你突然說這麼好笑的話。」

我克制著笑聲，盡可能用認真的聲音說話。

「是妳的身體不行嗎？」

「我想不是身體，而是精神方面的問題，但是我身體有可以進入的地方。」

說到這裡，我又噗哧一聲笑了起來。我完全不知道比我年紀小的男友到底是太認真還是太有趣。

「妳好好向我說明。」

雅史有點不耐煩。我停止發笑，然後決定把真相告訴他，把至今為止，從來沒有告訴過任何人的真相告訴他。

「在我小時候，曾經被男人欺負。那是和我母親交往的一個男人，我覺得我母親隱約察覺到這件事，但是她默許了，沒有向我伸出援手。有一天，我自己逃離了那個地方，住在日本的阿姨保護了我，之後才開始過正常的生活。因為我已經離開母親，所以幾乎忘了小時候的那件事。但是長大之後，當我有了喜歡的對象，到了要發生這種關係的階段，突然清晰地回想起當時的情況。我很害怕，也無法忍受，所以無法做愛。

其實我也曾經試著用不同方法嘗試過，但還是不行。雖然心情上很想和喜歡的人結合，身體卻無法做到，會拒絕這件事，最後還是無法成功。所以現在我已經放棄了，覺得一輩子都不和別人做愛也沒關係，反正四捨五入的話，我已經四十歲了。」

連我自己都很驚訝，竟然可以說得如此平靜，但是雅史聽了似乎很緊張。

「妳不要說這麼令人傷心的話！」

「為什麼傷心？」

「就是一輩子不和別人做愛也沒關係……而且，也許換不同的人，問題就迎刃而解了。」

雅史感傷的氣息似乎吹進了我的耳朵深處。

「妳不喜歡我嗎？」

「我喜歡你啊，雖然喜歡，但你不是會想要孩子嗎？即使你和我結了婚，也無法進行這種行為。」

「現在不是有很多方法可以解決這個問題嗎？像是人工授精，或是體外受精之類的。」

他知道得真清楚。我在這麼想的同時對他說：

「但是夫妻之間從來沒有做過愛就有孩子，無論怎麼想，都覺得很奇怪啊，我不希望讓你產生空虛的感覺。」

「我和妳結婚，並不是為了和妳做愛。」

「也許是這樣，但這件事很重要。我太清楚了，因為我是過來人。即使嘴上說不做也沒關係，但內心的不滿會持續累積，最後還是會隨便找一個理由離開我。」

雅史聽到我這麼說，陷入了沉默。

「對不起。」

我們兩個人簡直就像是在合唱般異口同聲地嘀咕了這句話，但是這件事真的無可奈何。即使想要解決無可奈何的事，最後只會受傷，發現自己根本無能為力。如果能夠在我們彼此都沒有陷得太深的狀況下就結束，是最好的解決之道。

「雅史。」

如果雅史在我身邊，我一定會讓他的頭躺在我的腿上，撫摸他的頭髮。

「我的母親真的是一個很不負責任的女人。她一而再、再而三地被男人騙，但還是整天拿錢給男人。因為被騙太多次，晚年一貧如洗，到處向親戚借錢。我當時真的想殺了她，但是自己動手會有後患，所以很希望有人殺了她。她最後死的時候，幾乎形同曝屍街頭。在得知那個女人終於死了的時候，我覺得大快人心。我就是這樣的人，每次想到我身上應該也流著和我母親相同的血，就想要嘔吐，所以我不希望留下自己的子孫，我相信是因為這個原因，身體拒絕做愛。」

連我自己都搞不清楚最後在說什麼。

我們都陷入了沉默。我很緊張，不知道雅史會說什麼。這種時候，就會感覺到我們的年齡的差異。畢竟我已經體會了人生的酸甜。

「即使這樣，我也不會放棄。」

雅史堅定有力的聲音傳入耳朵。

「楓，妳知道實際看到的極光是什麼樣子嗎？」

他突然問了這個問題，雖然我不瞭解他的意思，但還是回答說：

「極光嗎？不是粉紅色、紅色，還有祖母綠的綠色混在一起，看起來像是光簾嗎？」

雖然我隱約察覺，既然他會問這個問題，顯然不是這樣的答案，但我只能這樣回答。

「有時候的確會看到這樣的極光。當然也會受到出現極光的地點影響，但十幾年才會有一次的特別夜晚，才會出現那樣的極光，所以我們想像的極光，是這種特別的夜晚拍的照片或是影片，攝影師往往要搏命，才終於能夠拍到這種宛如奇蹟的照片。

至於普通的極光看起來是什麼樣，用數位相機拍攝，的確可以拍到綠的，但是用肉眼看的時候，會覺得幾乎是白色的。」

「啊？難以相信，即使你這麼說，我也無法相信。」

對我來說，極光就是彩虹色的光帶，如果是白色，根本失去了極光的意義。

「我第一次聽到時也很失望，因為那已經是對極光的固定印象了，但是據說實際看到時，真的會以為是雲或是煙，或是月光那樣的光芒。當初是我的姊姊和姊夫告訴我這件事，因為姊夫說，無論如何都想和我姊姊一起去看極光，於是他們的蜜月就選在冬天時去阿拉斯加看極光，結果就是我剛才說的，最後他們發現，從自己住的公寓看到的夕陽，遠遠勝過當時的極光。」

雅史越說越興奮。

「如果我的蜜月旅行是這樣，搞不好會吵架。」

我沒有自信千里迢迢去那麼遠的地方，結果看到的竟然是像雲一樣的極光，還能夠沉浸在浪漫的氣氛中。

「是啊，他們差一點一回國就離婚。因為冬天的阿拉斯加的氣溫是零下三十度，而且他們是跟團旅行，同團的都是阿公阿嬤，餐點又很難吃，因為要半夜去看極光，所以也沒睡好，也幾乎不能走出飯店，聽起來真的很慘。但是隨著時間慢慢過去，姊姊還是覺得是美好的回憶，因為她終於發現，這個世界上還有很多必須自己親眼確認的事。」

我在聽雅史說話時，覺得他一定很喜歡他的姊姊，也為姊姊感到驕傲。能夠毫無疑問、真心尊敬自己的家人，是多麼幸福的事。聽到他侃侃而談這種事，既覺得他果然還很年輕，同時也很羨慕。

「所以，楓……」

我有點心不在焉，突然聽到他叫我的名字，嚇了一跳。

「啊？什麼？」

對面的高塔中，有一個女人和我一樣，正靠在沙發上講電話。

「我的意思是，必須實際結了婚才知道。」

我搞不懂極光怎麼會和結婚扯上關係。

「但是我相信自己一定和極光一樣，你絕對會感到失望。原本以為有繽紛的色彩，結果卻是白色的。雖然你並不是為了做愛和我結婚，但這種事不也是結婚的要素之一嗎？我缺乏這個要素。」

為什麼能夠說得如此坦白？我感到很不可思議。也許是因為我們分別在日本和加拿大，兩地相隔的關係。如果當面談這件事，絕對不會有這樣的對話。

「我也是男人，如果說我完全不想和妳做愛，當然是騙人的。但是我從妳之前的態度中，就隱約察覺到妳好像在迴避這件事，所以我還以為妳對男人完全沒有興趣。剛才聽妳說了真相之後，內心反而有點鬆了一口氣。」

「這樣喔，原來你以為我是同性戀。」

我完全沒有想到他這麼看我，所以覺得有點好笑。

「不，我並不是懷疑妳。」

雅史有點不好意思地說。

「既然這樣，要不要試一次？」

「啊？」

雅史在電話彼端驚叫起來，但也許這是最好的方法。因為雅史是我第一個訴說所有真相的人，以前每次都突然發展到那一步，再加上那些不愉快的回憶，所以我無法接受對方。

如果是雅史，我也許有辦法。

內心深處突然毫無根據地產生了這種想法，而且這種想法就像光箭一樣強而有力。

「哇，我真的緊張起來了。」

雅史說。我也是這輩子第一次主動邀約別人上床。如果仍然無法成功，到時候再想下一步就好，而且我相信有些風景，必須走到那一步才能看見。

「我回日本後會和你聯絡。」

差不多該掛電話了。

「太好了，我沒有想到心情會這麼好。」

耳邊響起雅史溫柔的聲音。啊啊，也許我比自己想像中更喜歡雅史。雖然我一直自認很獨立，但其實我身邊有很多愛，才能夠走到今天。

「雅史，你去上班的路上要小心。」

「嗯，希望我可以去妳的夢裡玩。」

他用好像在說夢話般含糊的聲音，說了這句好像老電影台詞的話。在他掛上電話後，我仍然把手機放在耳邊。比起他求婚這件事，我更因為把自己身體的事告訴了雅史，內心好像一陣微風吹過般舒暢。

我打開通往陽台的窗戶，走到陽台上。溫哥華的天空還很明亮，看不到星星，只不過十月的季節，冰冷的空氣就像刀子，吹在皮膚上感到刺痛。

我用力深呼吸，讓新鮮的空氣填滿肺部，然後憋氣，緩緩數了幾秒，再慢慢地、慢慢地吐出來，吐出的氣帶著一抹混濁的白色。冰冷的空氣讓我的腦袋頓時清醒。秋天就這麼冷，冬天恐怕會更加天寒地凍。

如果不打開那個行李箱，我就無法繼續向前走。

但是，一旦打開那個行李箱，某些事可能會改變。

我對一直以來的逃避、迴避感到疲憊。

我必須面對當年生下我的母親。

接下來的三天，我就像怒濤般征戰多家餐廳。

最大的收穫是附近的一家食材店老闆和我分享的印度餐廳。老闆說，那家餐廳不接受預約，最好的方法就是在營業時間的一個小時到一個半小時前，去餐廳門口排隊。我以為非假日不會那麼誇張，沒想到在開店前五十分鐘來到餐廳門口，竟然已經大排長龍。我沒有看過餐廳從傍晚五點多就已經門庭若市。

營業時間一到，排隊的人依次進入店內。因為只有我是一個人用餐，所以被帶到了後方的小圓桌。鄰桌是一對年輕的夫妻帶著三歲左右的兒子，那位太太的年紀可能和我差不多，而且肚子裡還懷了另一個孩子。

我和雅史以後也會像他們一樣，增加新的家庭成員嗎？之前我一直覺得絕對不能讓母親的血緣繼續留在這個世上，要讓負面的傳承在我這一代劃上句點，但也許我可以成為聖女貞德，用更積極的方式改變負面的發展。這種微弱的希望在我內心的大地上萌芽。

我坐在那裡胡思亂想，料理送了上來。據說這裡是全世界最好吃的印度餐廳，我撕了一小塊印度烤餅放進嘴裡，發現這種評價完全正確，這和我以前吃過的印度料理完全是不同的境界。我忍不住開始認真思考，是否可以把這裡的印度烤餅帶回日本，我很想讓等待我歸期的雅史嘗一嘗。

印度烤餅已經美味得讓人升天了，沾了咖哩之後，覺得這根本屬於「此物只應天上有」等級的美味，越吃越覺得全身輕盈，懷疑自己後背是不是長出了一對翅膀，差點想要轉頭確認一下。我很想當場站起來，發出感嘆的吶喊。即使是嘴刁的日本遊客，也一定會感到滿意。我覺得自己挖到了寶。

回飯店的路上，走進超市，買了氣泡礦泉水，心情愉快地回到飯店，發現手機在昏暗的房間角落閃著燈，顯示語音信箱有留言。是不是雅史？我拿起手機確認，發現是春子阿姨的留言。我把冰冷的手機貼在耳朵旁，播放了語音留言。春子阿姨和母親外形完全不像，但聲音一模一樣。

「啊，小楓，加拿大怎麼樣？會不會冷？嗯，因為有重要的事，所以打電話給妳。我知道了妳出生的地方。我記得妳現在是在溫哥華，好像離妳那裡並不遠，所以我想通知妳一下。呃，那是一座名叫鹽什麼的島，安寧病房的人也只聽她提過這個地名，還說只要問當地人就知道了。楓，是一個名叫鹽什麼的島，知道嗎？再聯絡。」

剛從加拿大回日本時，我無法相信任何人，但又無法順利表達內心的不滿，所以經常對春子阿姨發脾氣，有時候甚至對她惡言相向，但春子阿姨吞聲忍讓，始終沒有離開我。

有一次，我順手拔下了春子阿姨細心培養的盆栽裡的花。我並不是故意這麼做，而是自然而然地伸手抓住了花莖。當我把花拔起來時，才意識到不妙，但木已成舟，於是就把花丟在地上。

「如果不珍惜生命，就會遭到報應！」

原本以為沒有人看到，沒想到春子阿姨就站在我身後。平時向來和顏悅色的春子阿姨，露出以前從來沒有見過、像鬼一樣可怕的表情狠狠瞪著我。她甩了我一巴掌。我感到很懊惱，但又無處宣洩內心的這種感情，只能不停地流淚。

那天晚上，春子阿姨用根莖類蔬菜和雞肉為我做了筑前煮[1]，我感到很高興，輪流吃著白飯和筑前煮，好幾次都差點哭出來。以前在加拿大的那個團體生活時，因為都是集體生活，所以絕對不可能有特別為我做的事，就連母親也屬於大家，我也是大家的孩子。也許我在不知不覺中，厭倦了這種不符合我年紀的想法。

「小楓，這是為妳做的。」

現在回想起來，可能是那一次的筑前煮把我的心拉向了正確的位置。

從小學高年級到中學畢業之前，我都一直住在育幼院，春子阿姨也經常做了

1. 九州北部代表性鄉土料理，主要以雞肉作為主食材，與當季的根莖類、蔬菜一同燉煮。

我最愛吃的筑前煮來看我。

母親在晚年明知道自己無力償還，仍然向所有的親戚借錢。她被男人欺騙，那些男人整天向她要錢。當她給了男人很多錢，結果那個男人又離她而去時，她又對新的男人做同樣的事。我覺得那些男人根本是串通好欺騙她。

「因為她哭著向我求救，我不忍心拒絕。」春子阿姨總是用自己的私房錢為母親張羅，但是我完全不理我的母親。母親打電話來，我也從來不接。她曾經有一次來家裡找我，我也沒有見她，隔著門把她趕走了。最後，母親連自己的生活也出了問題，家裡的瓦斯和電都被停了，也付不出房租，被趕出了公寓，變成了遊民。

春子阿姨說，她曾經偶然在街上看到變成遊民的母親。「楓，妳絕對不要看到比較好，千萬不要看到。」春子阿姨再三叮嚀，所以我一直對那個地方避之唯恐不及，但是每次在地下道之類的地方看到遊民，總是忍不住害怕，很擔心萬一是母親怎麼辦。

這樣的生活怎麼可能有健康的身體？不久之後，母親倒在路旁，差一點曝屍街頭，於是就被送進了專門收容遊民的安寧病房，她已經全身是病。春子阿姨還去安寧病房看她，向我轉達了母親想要見我的想法，但我仍然拒絕。我不想去見淪為遊民的母親。母親被收容進入安寧病房不到一個月就死了。

在溫哥華最後一天下午，我決定再次前往林恩峽谷公園。我也不知道為什麼想再去一次。這次我帶上了花卉圖案的行李箱，鑰匙也放在口袋裡。

我和前幾天一樣搭了渡輪，然後改搭了公車。雖然我很期待可以遇到上次那位公車司機，但這次是不同的司機。我在公車站下了公車，走去公園。我雙手拎起行李箱，沿著通往河流方向的階梯往下走。這裡的空氣果然和市中心不太一樣。也許是這裡的空氣很神聖。

我把花卉圖案行李箱放在河邊的大石頭上。也許是心理作用，我覺得紅葉比前幾天更紅了。火紅的楓樹包圍了河流，連空氣好像都被染成了紅色。

我閉上眼睛，讓心情平靜下來。我和自己的內心約定，無論打開行李箱看到什麼，都不要受到影響。

我從口袋裡拿出小鑰匙。小時候，這個行李箱隨時帶在身邊。雖然現在覺得很醜、很不好用，但可能是當時最先進的行李箱。

把鑰匙插進鑰匙孔，聽到了喀答的輕微聲音，鎖扣彈了起來。不知道是否生鏽的關係，鎖扣有點不太靈活。我稍微用力，拿下了掛鎖，緩緩拉開拉鍊。真切的感覺從指尖傳向全身，把拉鍊完全拉開後，打開了行李箱的蓋子。

行李箱內只有一張泛黃的紙。難怪那麼輕。我緩緩拿起那張紙，然後打開了摺成四摺的紙。

「給全世界最愛的媽媽。楓敬上」

幼稚的字寫了這句話。看到這行字的瞬間，我感到呼吸困難，好像被碎石塞滿了整個肚子。

沒錯。雖然她是那樣的母親，但我小時候很愛她，她是我全世界最愛的人，只是我一直、一直忘了這件事。如果小時候的自己出現在眼前，我很想用雙手緊緊抱住年幼的自己。

這時，有什麼紅色的物體穿越我的眼前。咦？我好奇地看向河面，看到紅色的物體宛如水中的流星，逆流游向上游的方向。

這時，聽到有人叫著「鮭魚」。難道這就是鮭魚洄游嗎？幾天之前，還完全沒有看到。

仔細一看，發現一群鮭魚逆流而上，有些鮭魚已經遍體鱗傷。牠們為了留下子孫，拚命逆流往上游，不惜付出生命的代價。

看著這些鮭魚，腦海中突然浮現幾乎快遺忘的母親身影。

她的衣著絕對稱不上漂亮，鞋跟也磨損了，也沒有化妝，但這一切或許都是為了養育我長大。

媽媽。

我以前這麼愛她，但是從什麼時候開始，不再這麼叫她？

「媽媽。」

我出聲叫著。

既然她覺得我很重要，為什麼不親口告訴我？我一直以為她認為我是她的累贅。

之前一直封印對媽媽的感情，此刻就像濁流一樣湧上心頭。

我想見媽媽。我想立刻見到媽媽。媽媽，趕快來這裡接我，我想見妳，想和妳好好道別。我之前都沒有向媽媽伸出援手，自己住在可以遮風避雨的房子內，吃好吃的東西，卻讓媽媽在街頭挨餓受凍。

媽媽……

我想馬上聽到媽媽的聲音，於是從背包中拿出手機，撥打了春子阿姨的電話。阿姨向來很忙，我擔心她不會接電話，沒想到立刻聽到了春子阿姨的聲音。

「春子阿姨嗎？我是楓。」

春子阿姨一聽到我的聲音，就立刻問我：

「小楓，我在語音信箱留了言，妳聽到了嗎？」

春子阿姨的聲音很有精神。

「嗯，但我想問妳一件事。」

說到這裡，感情再度湧上心頭。我閉上了嘴，靜靜地哭了起來。春子阿姨似乎發現了。

「妳在哭嗎？」

「哪有啊。」

我用力吸著鼻涕，裝糊塗說。越是拖拖拉拉，場面可能會越難收拾，於是我單刀直入問了春子阿姨。

「妳覺得媽媽幸福嗎？」

遊民當然不可能幸福，但是我還是無法不確認這件事。

「嗯，我也不太清楚，但是她臨終時的表情很安詳。我不是去安寧病房看她嗎？那時候……」

春子阿姨說到這裡，換她哽咽起來。我靜靜地等待她繼續說下去。

「那時候，姊姊對我說，希望下輩子還可以當妳的母親，因為這輩子有太多無法為妳做的事，她很後悔，希望可以成為更好的母親。那個行李箱裡裝了什麼？姊姊說，裡面裝了她的寶貝，但絕對不肯告訴我，裡面具體裝了什麼。」

「裡面裝的是連我自己都忘記的東西，但是我因此想起了重要的事。先不說這個，我還想問另一件事。」

「什麼事？」

「關於媽媽的骨灰，真的丟進了垃圾桶嗎？」

當時我真心希望春子阿姨這麼做。

春子阿姨在電話中輕輕笑了起來。

「我是僅次於妳的最大受害人，雖然真的很想這麼做。」

「嗯。」

「但我想姊姊的幽靈應該會對我糾纏不清，如果她死了之後，也變成鬼來找我，不是會很受不了嗎？所以我厚葬了她。」

春子阿姨用開玩笑的語氣告訴我。

「太好了，謝謝。」

「說起來很不可思議，她活著的時候，真心希望她早點死，但是她真的死了之後，不知道是否成仙了，我一直回想起姊姊小時候對我很好，然後陪我一起玩的事。」

春子阿姨似乎又哭了。

「她竟然先死了，真是太狡猾了。因為活著的人必須一直背負罪惡感。」

和春子阿姨聊天時，眼淚漸漸乾了。我看著鮭魚的洄游，和春子阿姨說話。媽媽的話題聊完了，我們開始聊家常。雖然並不是需要用國際電話聊的內容，但我只要聽著春子阿姨和媽媽完全一樣的聲音，內心就充滿了幸福。

「對了對了，我可能會結婚。」

所有的話題都聊完後，我突然想起這件事，告訴春子阿姨。

「什麼？妳再說一次。」

春子阿姨絕對聽到我說什麼。我這麼想著，但還是重複了一次。春子阿姨立刻用簡直像是尖叫的聲音說：

「恭喜妳。」

「目前還沒有很確定。」

雖然我想春子阿姨一定對這句話充耳不聞，但我還是這麼補充說明。

「小楓，要好好慶祝，太好了。在天堂的媽媽也一定會為妳高興。」

聽到春子阿姨這麼說，我忍不住流下了眼淚。我希望媽媽可以進天堂。即使她的生活方式很荒唐，但還是希望她能夠努力推開天堂的門。媽媽一定滿不在乎地爬過柵欄，闖進天堂。我希望她在天堂守護我。

我把原本放在行李箱內的那張紙輕輕放進了口袋，可以把行李箱送給在市中心車站演奏空靈鼓的巧克力色皮膚的年輕人。雖然別人拿到這種老舊的行李箱，可能會覺得困擾，但我覺得那個年輕人應該可以派上用場。

「對了，小楓，妳知道樹語嗎？」

我差點忘了自己正在和春子阿姨講電話。

「樹語？我沒聽過，該不會和花語差不多？」

「沒錯沒錯，我正在圖書館借這本書，我查了一下，上面也有楓樹的樹語。」

春子阿姨興奮地說，於是我問她：

「上面寫了什麼？」

「妳聽我說。」春子阿姨停頓了一下，然後帶著慈愛，用圓潤的聲音緩慢地說：

「楓樹的樹語是重要的回憶，還有美好的變化。」

我一時語塞，忍不住懷疑是春子阿姨刻意杜撰的，但我想應該不會有這種事。

「謝謝。」

我忍著淚水，費力擠出聲音。

我來加拿大後，的確發生了改變，而且是把心朝向美好的方向、向光明太陽的方向，而且又重拾了重要的回憶。

春子阿姨在電話彼端哭泣。

「下次大家一起來加拿大。」

我想要擺脫感傷的氣氛，對春子阿姨說。

「因為加拿大是我出生的故鄉。」

鮭魚也憑本能回到了自己出生的故鄉。

「到時候要找妳老公一起去，你們乾脆去加拿大蜜月旅行？對了，小楓，妳可以在加拿大的那座島上舉辦婚禮，搞不好可以生下蜜月寶寶！」

春子阿姨一個人興奮地滔滔不絕。

這一切也許真的會發生。我以前從來沒有想過自己會成為別人的母親，但是，這次的加拿大之行發生了奇蹟。我接受了之前持續拒絕的媽媽，原來人生可以因為一個微小的契機大轉彎，轉向和原本完全相反的方向。我帶著獲得了重生的心情，結束了和春子阿姨的通話。

我仰望天空叫了一聲。

媽媽。

等了很久，都沒有聽到母親的回答。
但是，樹葉閃著燦爛的光芒搖曳著，好像在向我使眼色。

乳房森林

我坐在行道樹楊樹下方的長椅上，縮起上半身，蜷縮成一團，頭頂上突然傳來一個女人的聲音。我覺得很煩，但仍然緩緩抬起了頭，看到一個皮膚很白，身材豐滿的女人，看起來很像俄羅斯人。

她飄然在我旁邊的空位坐了下來，沒有發出任何聲音，然後沒有問我是誰，也沒有自我介紹，就抱住了我的肩膀。

「妳可以盡情地哭。」

她不停地撫摸我的後背，完全不在意我的淚水把她的T恤和裙子都哭濕了。別人對我越親切，我就越想哭。我在抽抽噎噎的同時，感覺到太陽的位置越來越高。秋天的陽光照射下的黑色影子在我們的腳下拉得很長。

身穿西裝的上班族、衣著整齊的粉領族，背著書包的小學生走過我們面前。對喔，今天是第二學期開學的日子。我一直看著那些排隊上學的小孩子頭上黃色的帽子，覺得很耀眼。

有人投來上下打量我們的視線，似乎納悶兩個女人一大早在這裡幹什麼，也有人快步走向車站，好像根本沒有看到我們。

「小耕……」

我一開口，就無法再繼續說下去。雖然我不知道對方是誰，但我試著向這個好心人說明自己為什麼哭泣。我原本想說「小耕的……」，只不過才說了「小耕」這兩個字，感情就像氣泡一樣從腹底深處浮了上來，我立刻摀住了嘴巴。

我以前從來不知道，只要身旁有人陪伴，就可以放心地哭泣。無論在丈夫面前，還是在父母面前，我都無法像這樣哭泣。

幾個小時前，我和丈夫大吵一架。

「你竟然還會有這種心思！」

我在深夜的臥室，瞪著丈夫痛斥他。憤怒的情緒就像突然吹起的強風般不斷襲來，幾乎把我擊倒。

「還沒有滿四十九天，你根本就是……」

我原本想說他像禽獸，但因為情緒太激動，話哽在喉嚨說不出來。丈夫用極其悲痛的表情注視著我。雖然心情無法比較，但我相信失去小耕，丈夫也很悲傷。只要我保持冷靜，就很清楚這件事，只不過當時我完全無法理解。

我不顧丈夫的制止，不顧自己穿了運動褲和T恤的睡衣就奪門而出。

「美子！」

丈夫在玄關好像咆哮般大聲叫我的名字，我不理會他，啪地用力關上了門。

抬頭仰望天空，天空中還有星星。盛夏已過的清涼空氣很舒服。這是我這段日子以來，第一次外出。

我們剛搬來這裡不久，我不太熟悉周圍的環境，於是只好走向通往車站的那條路，那是我唯一知道的路。每走一步，左右兩側的乳房就會震動，感受到陣陣抽痛。雖然痛苦得很想哭，但我咬緊牙關，拚命忍耐著。

走到車站時，我才想到自己無處可去，於是就在過了人工河的散步道旁的長椅上坐了下來。附近的自來水公司整修了周圍的環境，讓水從那裡流過。噴水池的噴水停了，昏暗中，只有在水泥河底流動的水看起來特別亮。周圍很安靜，好像完全沒有人居住，整個城市都像被藍色的透明薄膜籠罩。

我剛才可能在不知不覺中睡了一下，當我睜開眼睛，發現朝陽照亮了周圍，然後那個女人對我說話。難道我剛才邊睡邊哭嗎？

當我回過神，發現自己的臉埋進了她柔軟的胸部放聲大哭。也許正因為和對方素昧平生，我才能夠毫無保留地宣洩，淚水不停地奪眶而出。

過了一會兒，直射陽光照得後背發燙，蟬在周圍的楊樹樹梢上用力嘶吼，好像要把準備離去的夏天叫回來。

「走吧。」

女人語氣堅定地說，然後扶著我的後背站了起來。我們一起走向車站的方向，她摟著我的肩膀，散步道中間的時鐘指向上午十一點。

「早安。」

她不發一語，走上車站前住商混合大樓的樓梯來到三樓後，靜靜地打開了門，我立刻有一種懷念的感覺。我努力讓心情平靜的同時，跟著她走了進去。

「大理花，早安。」

一個男人低沉的聲音向她打招呼。

「店長，在我下班之前，可以讓她在這裡休息嗎？」

女人說完，向站在門口旁的我招手，示意我進去。我戰戰兢兢地向前走。既然她叫剛才那個男人「店長」，這裡顯然是店家，但我並沒有看到店家的招牌。

我鼓起勇氣向前一步，裡面的房間簡單樸素，只用夾板隔開而已。我立刻想起了婦產科的候診室，房間角落的電風扇吹動著店長桌上的筆記本和便條紙。

我剛才明明聽到男人的聲音，但是背對著我們，把手伸到收納櫃上方的明顯是女人的背影。咦？我正感到納悶，店長轉過頭。

「妳嚇了一跳嗎？妳這樣張大嘴巴看著人家，人家不是會很害羞嗎？」

店長對我說。我這才發現自己張著嘴，慌忙闔起了上下嘴唇。可能經常發生這種情況，所以見怪不怪了，剛才被店長叫「大理花」的女人看著我的表情，噗哧一聲忍住了笑。

「是大叔？還是大嬸？這種事根本不重要，我是人妖早苗，大家都這麼叫我。」

店長努力擠出女人的聲音說話。

「很高興認識妳。」

我向她打招呼，輕輕鞠了一躬。

這是我第一次和像她這樣的人說話。店長明顯是男人，只是穿著女裝，臉上的妝很濃，但仔細觀察，就可以發現她有鬍子，喉結也完全突了出來，腰也很粗，但是穿著黑色網襪的雙腿像女人一樣又直又美。

「店長，她又笑妳。」

大理花看到我的臉頰肌肉放鬆，立刻說道。

「我沒有笑。」

但是越是澄清，越覺得好像有人在搔我的癢，我捂著嘴，拚命忍著笑。

「妳終於笑了。」

大理花看著我，開心地說。

「店長，烏龍麵兩人份。」

大理花打開原本摺起的鐵管椅，示意我也坐下來。

店長聽到大理花這麼說，嬌聲回了一句「我知道了啦」，然後又走去裡面，接著聽到打開冰箱的聲音，和在鍋子裡裝水的聲音。我東張西望，打量著周圍。天花板就像學校的教室一樣有很多小洞，而且有很多污漬，窗簾也被曬得褪了色。收納櫃上放著包括《追憶似水年華》在內的一整排外國文學全集，我發現自己沒看過其中任何一本書。

我剛認識這兩個人，而且這裡也是陌生的地方，照理說我應該會緊張，但奇怪的是，我感覺好像在自己家裡。我和丈夫同住的房子屋齡還不到一年，無論家具和電器都是新買的，家裡有一種還無法完全融入的嶄新氣息。相較之下，這裡反而是讓人感到安心的空間。我正想問坐在我旁邊看手機的大理花，這裡是什麼地方時，店長面帶笑容，從裡面端著圓形小木桶走了進來。

「讓妳們久等了。來來來來來，大理花，別看手機了，妳去拿碗筷給她。」

店長興致勃勃地說。大理花立刻啪答一聲，闔起了手機，然後從抽屜中拿出了兩人份的餐具。她也同時拿出了布製的餐墊，於是我在她和自己面前各放了一塊。店長拿了裝沾麵醬的瓶子，倒在我和大理花的碗裡，又加了佐料和七味辣椒粉，我也跟著大理花拿起了筷子。

「店長的烏龍撈麵好吃得不得了，我們趁麵條糊掉之前趕快吃。」

大理花對我說完，率先用筷子撈起了木桶裡的白色烏龍麵。我也像她一樣，把筷子伸進木桶。木桶內除了烏龍麵以外，還有斜切的竹輪。

我吃了一口烏龍麵，大理花用眼神徵求我的同意。

「很好吃。」

我咀嚼著嘴裡的麵點著頭。

「這還是冷凍的。」

店長靠在椅背上看著我們，得意地用事不關己的態度說。

「我問了店長烏龍麵的品牌，然後買回家煮給老公和孩子吃，沒辦法做得這麼好吃。」

大理花夾起木桶裡的烏龍麵，停在那裡說。

「妳有沒有切竹輪加進去？」

「有加啊，但是做不出這麼有咬勁的感覺。」

「是不是煮太久了？」

我聽著她們聊天，專心吃著烏龍麵。烏龍麵保持著烏龍麵的形狀，吞進我的胃裡。因為醫生說不可以吃刺激的食物，所以在餵小耕吃奶期間，我都一直不吃辛辣的食物。在小耕離開後，也仍然維持這個習慣，吃到久違的七味粉，終於想起了這個味道。

雖然日子尚淺，但因為之前堆積的時間太濃密，所以有一種不可思議的感覺，好像事情發生至今，已經過了好幾年。

「最後一根給妳吃。」

當我回過神，發現木桶內只剩下一根烏龍麵。

「謝謝。」

我向大理花道謝後，撈起最後一根麵，發出唏嚕唏嚕的聲音吸進嘴裡。

「謝謝款待。」

大理花說完，準備從皮包裡拿出皮夾。我慌忙說：

「我來付。」

但是說完之後，我才想起自己沒帶錢包，就衝出了家門。

「對不起。」

我向她道歉。

「沒關係，反正一碗才一百圓。」

大理花笑著說，從零錢包裡拿出兩百圓，交給店長。

「是不是很便宜？這裡只收材料費，順便告訴妳，這個木桶也是從高級公寓的垃圾堆裡撿回來的。」

呵呵呵呵。店長笑起來很含蓄。

大理花看了一眼時鐘，猛然從鐵管椅上站了起來。

「店長，那她就麻煩妳了，她並沒有要在這裡上班喔。」

「我知道啦。」

店長賭氣地回答，她噘起的嘴巴就像朝顏的花苞。她的這個表情太滑稽，我又忍不住笑了起來。

「我傍晚就下班了，妳就在這裡等我。如果妳覺得無聊，可以去附近的商店街逛一逛。啊，妳沒帶錢。如果妳需要，可以從我的皮夾裡拿錢。」

大理花一口氣說完，和店長一起走去其他房間。

我獨自留在那個房間內，又打量了周圍，發現收納櫃上有一張一家三口的全家福。我覺得好像看到了不該看的東西，立刻移開了視線。

照片上的人應該是店長年輕的時候。既沒有化妝，也沒有穿女裝，只是普通的父親，身旁是他的妻子和兒子。他太太很漂亮，兒子是小學低年級的年紀，照片中的店長英俊瀟灑。

「對不起，讓妳一個人在這裡，妳一定覺得很無聊吧。」

店長扭著腰走了回來。

「啊喲，被妳發現了啊。照片放在那裡，誰都會馬上看到，簡直就像是故意叫別人趕快看。」

店長看到我臉上的表情，對我這麼說。

「對不起。」

我說。

「不要輕易道歉。」

聽到店長這句話，我驚訝地抬起頭看著她。我們注視著彼此的眼睛，沒有移開視線，就像是兩頭野生動物在森林中撞見彼此。

店長先投降了。

「妳叫什麼名字？」

「我叫美子。」

「啊喲，好可愛的名字。」

店長的反應讓我大吃一驚，我忍不住注視著她的臉。

「第一次有人這麼說。」

我老實說出了自己的感想。

「啊？為什麼？這個名字不是很好聽嗎？我很羨慕妳的名字，妳的名字怎麼寫？」

「美麗的美，小孩子的子。」

「啊喲，很棒啊，太適合妳了！只要名字最後有一個『子』，就無條件的可愛，我好羨慕。」

店長雙手在胸前交握，再次扭著腰說。

「店長，那妳呢？」

「啊喲，我剛才不是已經自我介紹過了嗎？我是人妖早苗。」

「這是妳的本名嗎？」

「可能我的父母當時有預感，覺得這孩子長大以後會變成人妖。這個名字無論是男是女都可以用，所以也很輕鬆。」

店長事不關己地說完，然後又說：

「既然是大理花帶來的客人，那就來倒茶給妳喝。她經常會把別人撿回來，就像是看到流浪狗，就無法不撿回家的小孩子。啊，對不起，我這個人妖太口不擇言了。」

店長說完，聳了聳肩。

「不會。」

我簡短回答，為了表示自己並沒有生氣，努力擠出了微笑。

「不想笑的時候不要勉強自己笑。」

店長又毫不留情地對我說，說完之後，又立刻補充說：

「我又來了，真是對不起，我一直把妳當成在這裡上班的同事。對了，妳想喝茶，還是要咖啡？如果覺得熱，也有冰麥茶。」

「我想喝咖啡。」

我條件反射地脫口回答。和七味辣椒粉一樣，我也很喜歡喝咖啡，但是在得知懷孕之後就沒有再喝過。現在或許可以喝了。

「好，那人妖早苗就來為美子泡一杯超級好喝的極品咖啡。」

店長用充滿活力的聲音說完，然後用力擠著臉頰，對我拋了一個媚眼。

我把桌子整理乾淨，拿著木桶走去後方，看到店長把咖啡豆放進了手動磨豆機，正在磨咖啡豆。隨著嘎啦嘎啦的聲音，飄出了深焙咖啡的香氣。

「這麼講究啊。」

我注視著露出認真眼神的店長側臉說，店長頓時眉開眼笑說：

「這也是在公園撿到的。真是太浪費了，明明還可以使用，竟然就這樣丟掉了，雖然可以造福像我這樣的人。」

店長滿不在乎地說。

我茫然地站在無法容納第二個人的狹小廚房門口，看著店長泡咖啡。啪滋啪滋，店長在不定期閃爍的日光燈下，不停地轉動磨豆機的把手，磨著咖啡豆。旁邊的電熱器上，正在用水壺燒水，小型層板上放著棉布濾網、濾杯和手沖壺。

我目前住的房子廚房也絕對稱不上寬敞，但同樣是狹小，這裡完全是不同等級的狹小。這裡的廚房感覺身體被牆壁夾住，根本無法動彈。

店長磨完咖啡豆後，用水壺內剛好煮沸的開水沖濕了棉布濾網，熱水滴答滴答地滴在水槽內。

「妳知道這個是在哪裡買的嗎？」

店長用熱水沖濕棉布濾網時問我。

「這不是撿的嗎？」

我問。

「如果妳以為我什麼都是撿的，那就大錯特錯了。」

店長可能生氣了，鼓起了臉頰。我又差一點說「對不起」，幸好沒有說出口。店長擰乾了棉布濾網，設置在濾杯上，然後把水壺裡的熱水倒進了手沖壺。

「妳是不是看著我出了神？」

一切準備就緒，只等熱水沖入咖啡豆時，店長看著我，瞇眼笑著說。因為被她說中了，我不知道該如何回答。和店長在一起時，覺得自己的感情就像在照X光一樣，被看得一清二楚。我一時語塞，反問她：

「妳怎麼知道？」

店長仰起脖子，露出喉結，豪爽地笑了起來。

「我等一下會把咖啡端過去，妳去那裡等我。啊，妳從那裡拿兩個乾淨的杯子過去。如果妳要牛奶和砂糖，可以請妳打開冰箱自己拿嗎？」

「謝謝。」

我說完這句話，才終於離開廚房門口。也許是因為前一刻站在昏暗的空間，感覺剛才和大理花一起吃烏龍麵的地方很明亮、很開闊，我忍不住有點頭暈眼花。

「讓妳久等了。」

幾分鐘後，店長把剛泡好的咖啡端了過來。

我和店長面對面，拿起咖啡杯喝了起來。窗外是平靜的秋日天空，夏天的時候，我手上還抱著小耕，只是換了一個季節，他竟然就離開了。

店長瞇起眼睛，轉頭看向窗戶的方向說：

「今天天氣很好，所以沒有客人。」

她說話的語氣聽起來並沒有為此感到遺憾。

「天氣好就沒有客人嗎？」

「對，只要一下雨，客人就全都上門了。可能下雨會讓人感到特別惆悵？今天天氣這麼好，生意就不敢指望了。但是今天可以和妳一起喝咖啡，所以很幸福，必須感謝老天爺。店裡的小姐都說我很聒噪，我真的會很聒噪嗎？如果妳覺得我很煩，就直接告訴我，不必有顧慮。這裡左側肩胛骨裡面有一個開關，只要關掉開關，我隨時都可以閉嘴。」

店長輕鬆地開著玩笑。

「沒關係。」

我回答說。

「啊喲，妳果然很老實啊。」

店長說，然後我們相視而笑。

和煦的風吹來。我不認識這裡所有的人，這裡也沒有人想要探聽我發生了什麼事。這讓我感到舒服自在。

「店長，妳很帥。」

我喝著咖啡，說出了剛才的感想。想像她卸除臉上厚厚的粉底、腮紅、口紅、眼影和假睫毛，不難發現是很有味道的美男子。

「啊喲，妳怎麼可以說人妖帥呢？而且妳又不是在這裡上班的小姐，不用叫我店長，叫我人妖早苗就好。」

「那好吧，早苗。」

「『那好吧』是多餘的。」

「早苗，妳聽我說。」

「什麼事？」

早苗問完，豎起了小拇指，一副洗耳恭聽的表情。

「我覺得在這裡很安心。」

我從剛才就一直這麼覺得。

「哇，太高興了！」

早苗突然向前伸出雙手，緊緊抱著我。早苗身上原本的男性汗臭味和女性獨特的香水味混在一起，形成了獨特的氣味。

當我們的身體分開後，早苗深有感觸地說：

「因為發生了一件事。」

早苗只說了這句話，淚水就在眼眶中打轉，但是她鼓起勇氣，繼續說了下去。

「當時我厭倦繼續活下去，很希望一死了之，然後投胎轉世。但是，我不可能浪費自己的生命，因為一旦這麼做，就會墜入地獄，再也見不到上了天堂的兒子。

所以我無論如何都必須讓自己死後可以上天堂，再次見到我的兒子，重新像家人一樣生活。

雖然我目前做這種奇怪的生意，但是對我來說，是在幫助他人。雖然不同的人會用不同的方式形容這家店，有人說是色情，有人說是宗教，也有人說是時下流行的療癒法，但我覺得都不是，只是這個世界上有人需要，有人被需要，這裡只是扮演了仲介的角色。

啊呀，我好像又太多話了。」

早苗說完，慌忙擦拭著兩個眼角。這時，鈴聲剛好響起。

「啊喲，客人上門了。美子，失陪了。如果妳覺得無聊，可以看上面的書，我過去一下。」

早苗左右扭動的腰，邁著內八的步伐走了出去。我一口氣喝完了剩下的咖啡。早苗剛才說的話在我內心迴盪，就像是一陣風吹過湖面，在我內心吹起了漣漪。我的左眼流下了一行淚水，連我自己都無法明確說明流淚的理由。

這一天回家時，大理花陪我一起走了一段路。

「謝謝妳。」

穿越商店街，來到稍微安靜的地方後，我向她道謝。

「只要看到像妳這樣的年輕女生，我就無法袖手旁觀。別人應該覺得我很雞婆，但是我可以從氣味感覺到。」

「氣味？」

「對，內心有難以平復的悲傷的人，會散發出一種獨特的感覺。」

「妳看得出來嗎？」

「當然啊。」

大理花自信滿滿地挺起胸膛。

大理花今天帶我去的地方名叫「乳房森林」。剛才離開時，早苗遞了名片給我。我從剛才就一直摸著放在運動褲口袋裡的名片。我想起從黎明時分衝出家門後，就一直在外面遊蕩，然後就突然覺得很疲累。

「我要先去超市買菜。」

走到半路時，大理花對我說，然後就沿著散步道左轉。我們的相遇很突然，說再見也很突然。我站在原地，目送大理花離去的背影。雖然她的身材稱不上很好，但很有包容力。她完全沒有回頭看我，直直走向超市的方向。我確認大理花的身影離去後，也走向家的方向。

除了回家，我無處可去。這麼一想，就感到絕望。

我沒帶鑰匙出門，原本以為可能進不了家門，但丈夫把鑰匙放在平時藏備用鑰匙的地方。我用那把鑰匙打開了門，雖然家裡沒人，我還是說著「我回來了」，脫下了鞋子。這個家嶄新的味道也讓我差一點窒息。

我只準備了自己的晚餐，獨自吃完了。自從那件事發生之後，丈夫都在外面吃完飯才回家。

吃完飯，我躺在沙發上，不知不覺睡著了。丈夫不知道什麼時候回了家，拿了浴巾蓋在我身上。

但我很快因為胸部疼痛醒來。

我從沙發上站了起來，走去廚房，然後露出胸部，把母乳擠出來。

小耕突然離開之後，我的身體仍然持續為小耕準備母乳。諷刺的是，乳汁分泌比以前需要餵小耕時更加源源不絕。我每天晚上都要獨自在水槽前，把沒有人喝的母乳擠出來。因為事情發生得太突然，我甚至忘記了哭泣，這些乳汁或許代替了我的眼淚。

即使小耕的身影從嬰兒床上消失，曾經是他一部分的骨頭只剩下一隻手就可以抓住的分量之後，乳房仍然持續腫脹，持續分泌白色的液體。

隔天，我獨自前往昨天那棟住商大樓。不知道是否因為時間不同的關係，今天設置在人工小河旁的噴水池用力噴水，在陽光下閃閃發光。我站在那裡欣賞片刻，幾個年幼的孩子歡呼著，在水中嬉戲，我忍不住在這群孩子中尋找小耕的身影。

我回想起早苗說的話，再次走向車站的方向。昨天我一直把臉埋在大理花的肩上，所以沒有發現，「乳房森林」所在的那棟住商大樓一樓是書店，我以前曾經在這裡買過育兒書籍，我回想起當時阿姨對我說的溫柔話語，不禁感慨萬分。

二樓是一家房屋仲介公司。之前和丈夫一起找房子時，雖然沒有進去過，但曾經看過貼在玻璃上的房屋資訊。我回想起這件事，一步一步慢慢走上通往「乳房森林」的狹窄樓梯。

我咚、咚敲了敲門後，和昨天一樣，從後門走了進去。可能營業時間還沒到，穿著窄裙的早苗張開腿，正在看體育報。我看到這個景象，差點噗哧一聲笑出來，但仍然直視著她的眼睛告訴她：

「請讓我在這裡上班。」

我從來沒有聽過自己說話的聲音如此堅定、意志堅強，我已經很久沒有說話時丹田用力了。

「妳想在這裡工作多久都沒問題。」

早苗仍然攤著手上的體育報，很乾脆地答應了。

「美子，妳可以從明天開始上班，還是要今天就開始試試？」

「乳房森林」內總共有三大類型的房間。

首先是「休息室」。就是我昨天和大理花一起吃烏龍麵的地方，主要是店長使用的空間，但在這裡上班的女人會把私人物品放在這裡，也會在這裡休息。

其次是名為「森林」的房間。那裡貼了可以提供服務的女人乳房的照片，客人可以在這個房間挑選自己中意的乳房。

最後就是有幾間名為「包廂」，具體提供服務的小房間。雖說是小房間，但只是用簾子隔開而已，所以可以隱約瞭解隔壁包廂的情況。

店長在開始營業之前，帶我去參觀了一下。我發現包廂並沒有密室的感覺，有點像醫院或百貨公司內的哺乳室，每間包廂都有窗戶，只要掀起薄尼龍製的乳白色窗簾，就可以看到外面的風景。

比我稍微晚到的大理花為我拍了胸部的照片。原本該由店長來拍，店長可能顧慮到我的心情，但她為我取了花名。我在「乳房森林」內叫櫻花。

我和昨天一樣，向店長點了烏龍麵，在等烏龍麵完成時，好幾個女人陸續來上班了。我原本以為大部分都是年輕人，但發現並非如此。最年輕的是大學生，還有六十多歲的女人，但是大家看起來都不像是在這家店上班的人。

每次有我不認識的人進來，店長就說：「這位是今天開始在這裡上班的櫻花。」把我介紹給她們認識，但是沒有人報上自己的姓名，只是微微點頭打完招呼後，就開始吃自己帶來的便當，或是在便利商店買的三明治。

「服務很容易肚子餓。」

吃完烏龍麵，今天我從自己的皮夾裡拿出一百圓支付後，坐在我旁邊的一個瘦瘦的女人把自己正在吃的點心遞到我面前，我用幾乎聽不到的聲音說「謝謝」。四方形的餅乾中夾了奶油，那是我從小常吃的餅乾。

我心不在焉地吃著餅乾，客人陸續上門。當客人決定服務的小姐後，就會按響鈴聲。和我們員工出入的後門不同，客人都從更像樣的正門出入。

大家都俐落地脫下衣服，然後在赤裸的身上披上一件V領的毛衣，或是前面有釦子的開襟衫走向包廂，幾乎所有人都會在下半身穿一件看起來質地柔軟的內褲或是裙子，店長忙碌地在休息室進進出出。轉眼之間，其他人都走出休息室，只有我一個人無所事事，於是開始整理桌子。

「櫻花。」

店長用拉著尾音的聲音叫著我的名字，走進了休息室。

我完全忘記自己在這家店叫「櫻花」這個名字，一時以為店長是來叫別人，但是當店長拍我的肩膀時，我才猛然想了起來。

「有人點妳。」

店長眉飛色舞地在我耳邊小聲說。

咕嚕。我把嘴裡的口水吞了下去。

「別擔心，放鬆心情，那位客人是老主顧，所以妳可以放心。」

我用手帕緩緩擦著手，讓自己的心情平靜下來，然後想起剛才大家都裸著上半身，於是在休息室角落解開襯衫的釦子。當我向前彎著身體，打開內衣的釦子時，突然有一種毫無防備的感覺，內心感到不安。

「給妳。」

店長說著，當場脫下了原本穿在自己身上的薄質白色開襟衫借給我，看著我不安的臉，對我拋了一個媚眼。我腹部用力。終於要上戰場了。我跟在店長身後，走出了休息室。

包廂內放著坐墊和抱枕。我坐在坐墊上等客人。至今為止，除了結婚前交往的幾任男友，以及丈夫、小耕以外，從來沒有和其他人做過這種事。不知道是否能夠順利進行，內心的不安讓我不由得繃緊了身體，看到店長牽了一個高中男生走了進來。他的眼睛被髮帶蒙了起來，所以他看不到我。

那個男生穿著黑色制服長褲和白色短袖襯衫，略帶遲疑地走向我。店長鬆開男生的手之後，又對我拋了一個媚眼，然後比手勢對我示意，如果有什麼狀況，可以隨時叫她，然後微微拉起包廂的簾子。

「請多指教。」

我對男生說完後鞠了一躬。

那個男生似乎有自己固定的姿勢，雙手用絕對稱不上粗暴的動作引導我做出他喜歡的姿勢。我坐在那裡，他的頭枕在我的大腿上，當我的上半身微微前傾，乳頭剛好在他嘴巴的位置。男生吸住我的乳頭。

我立刻想起了小耕。

小耕誕生在這個世界時，身體柔弱得好像隨時會壞掉。他出生後吃的第一樣食物，就是我的母乳。雖然他的眼睛還無法清楚看清周圍，但仍然設法找到了我的乳頭，用力吸吮時，我產生了一種難以形容的神聖感覺。那一刻，我的世界更加明亮。我小心翼翼地抱著小耕的身體，餵小耕喝奶。他一臉好像睡著的表情，但是嘴巴拚命動個不停，咕嚕咕嚕喝著母乳。我好幸福，太幸福了，好幾次都很想哭。

當時的心情在內心甦醒。

一天又一天，小耕持續喝著我的母乳。一個月，兩個月過去，小耕的身體越來越大，生命的色彩似乎漸漸增加了濃度。

剛出生的瞬間，他的小手小腳很細、很脆弱，之後漸漸長了肉。想到他的成長來自於我，我就感到自豪。

「美子，這孩子是百分之百的妳。」

丈夫每次把越來越重的小耕抱在胸前，都會說這句話。

我的乳房至今仍然為小耕準備了母乳，所以每天都會脹得發痛。我只能把無用武之地的母乳擠在廚房的水槽內，但是，現在藉由這種方式，可以讓母乳對他人有所幫助。這件事成為我的救贖。

當我閉上眼睛，感受著男高中生在吸吮我的乳頭，腦袋漸漸被染成一片白色。起初他不瞭解力道，無法順利吸出乳汁，費了一番工夫，但漸漸掌握了訣竅，順利吸著母乳。服務的時間每一節是三十分鐘，十五分鐘後，就會換另一側的乳頭。被他吸過的那一側乳房不再腫脹，舒服多了。

那一天，還有另一個客人點我，我做了兩次服務。

在我準備回家時，店長問我工作的情況。

「妳覺得怎麼樣？」

我不知道該怎麼回答，只回答說：「我還會再來。」

走出「乳房森林」，獨自走在商店街上，聽到背後傳來叫我的聲音：

「等等我。」

回頭一看，原來是騎著腳踏車、頭髮也被吹亂的大理花。

「辛苦了。」

我站在原地，輕輕露出微笑。西方的天空是一片燦爛的紅色夕陽，所以大理花的臉也變成了很深的粉紅色。她跳下腳踏車，站在我的左側，然後和我一起走回家。

「妳真的打算在這裡上班嗎？」

大理花探頭看著我的臉問。

「我想試試。」

我注視著夕陽回答。

「我今天有點擔心，是不是我勉強把妳帶去了奇怪的地方。」

「沒這回事。」

我用明確的語氣回答，「我在一個多月前，經歷了人生的谷底，所以我已經沒有任何可以失去的東西了。只要有辦法走出谷底，我都願意嘗試，更何況……」

說到這裡，我有點結巴。

「更何況？」

大理花重複了我說的話。

「而且今天在服務時，我覺得也許並不壞。如果我能夠對他人有幫助，用這種方式又未嘗不可。」

「那就好。」

大理花說，然後提到了我今天第一次服務的男生。

「他在高中擔任學生會長。」

「這樣啊？他的外表的確相貌堂堂，衣著也很整齊，看起來應該有很多女生喜歡，所以我很納悶，他為什麼會來這種地方。」

「他是我兒子的同學，在他小時候，他的母親拋棄他離開了。他當時還是在喝奶的孩子，他爸爸把他送進托兒所，獨立把他撫養長大，但是他不願意喝配方奶，所以就由我餵他。他從還是嬰兒的時候，就開始出入那裡。平時是很出色的少年，但可能還是會想媽媽，有時候會來那裡接受服務。」

如果有人要拋棄孩子，那不如把孩子送給我。我異想天開地這麼想著。

「所以，雖然有各式各樣的客人上門，但每個人都有各自的苦衷。」

大理花說這句話時，我們剛好經過昨天和她相遇的那張長椅。

「謝謝妳。」

我說。

「如果日後有什麼疑問，任何事都可以找我。」

大理花語氣開朗地對我說，接著又說：

「我要去托兒所接女兒，所以要先走一步。」

她又騎上腳踏車離開了。

「再見。」

我對著大理花豐滿的背影說。大理花一隻手握著腳踏車的把手，舉起另一隻手揮了揮。

夕陽沉落，天空是一片可怕的暗紅色。

「小耕。」

我仰望著天空，輕輕呼喚兒子的名字。

我漸漸適應了乳房森林。

起初因為緊張繃緊了身體，但漸漸掌握了放鬆的訣竅，能夠放鬆地專心服務。不知道客人是否也能夠感覺到，比起剛開始時，他們在更短時間就能夠得到滿足。雖然有點矛盾，每次提供良好的服務時，我甚至希望能夠多持續一點時間。

這種時候，我都會想起小耕。

傍晚時分，從敞開的窗戶看到夕陽，我會一下子忘記自己是誰。我全身感受著舒服的海浪，張開雙手，漂浮在世界上極其和平的大海。

我猛然回過神，睜開了眼睛。咦？小耕什麼時候長這麼大了？我在短暫的剎那，把陌生的男人當成了小耕。

我再次用力閉上眼睛，呼喚著小耕的名字，然後再次緩緩睜開眼睛，接受眼前的現實。

出現在我眼前的，有時候是高中男生，有時候是上班族，也有的時候是老爺爺，還曾經有女性客人，所有人都在為生存努力，都帶著迫切的心情，吸吮著我的乳頭。

那一天，天氣預報預告失準，傍晚下起了雷雨。

一道刺目的白光亮起的幾秒鐘後，響起了宛如劈開樹木的劈哩啪啦聲響。當時我正在為客人服務。幾十分鐘前，外面還是一片藍天，所以包廂內並沒有開燈。還不到五點，包廂內就像夜晚般黑暗。雨從敞開的窗戶打了進來，我在服務的同時，伸手關起了窗戶。

這時，我看到樓下有一把紅色的雨傘。仔細一看，發現是一個女孩站在那裡。在傾盆大雨中，她不時抬頭看向天空的方向，似乎在努力尋找什麼。我覺得女孩的臉看起來似曾相識，但是想不起是誰。她穿著深藍色長雨靴，手上還拿著另一把大人用的雨傘。她是來接人嗎？她可以去一樓的書店躲雨等人，卻一動也不動地站在大雨中。

接著，我看到店長從住商大樓的門口衝了出去。咦？我正感到納悶，看到店長沒有撐傘，跑到女孩身旁，不知道對她說了什麼。女孩聽店長說完後，轉身走向商店街的方向，店長又再度跑回住商大樓。

天空又閃過一道刺眼的閃電，周圍頓時宛如白晝般明亮。我轉過頭，專心服務。頭髮稀疏的圓臉男人正大聲吸吮著我的乳頭。我用紗布手帕輕輕擦拭他嘴角流下的母乳。

不可思議的是，即使進行這種服務時，我完全沒有性衝動。客人似乎也一樣。在乳房森林，禁止咬乳頭、用力吸到小姐感到痛，或是用舌頭舔的行為，客人當然也不可以用手摸乳房。店長認為，有這種需求的人，可以去能夠滿足這種需求的地方，所以來乳房森林的客人，都會守規矩。

漸漸地，我覺得自己的身體好像變成了一座森林，是一座可以無止境地提供某些東西的很深的林子。啊，來了。每次都在那種感覺消失之後，才會意識到，即使努力想要喚回，也始終無法如願，那種心癢、心神蕩漾的感覺完全消失。那一剎那，無論身心都完全融化，變得透明。我和客人融為一體。這種時候，身體深處都會溢出並非悲傷的眼淚。

那一天的服務，正是這樣的狀態。

服務結束時，雨已經停了，天空又突然明亮起來。

我看到遠方的天空出現了清晰的彩虹，雙重的彩虹圍著高台上那棟橫長形的舊公寓，整個城市就像是水洗過一樣閃閃發亮。

我很想大聲告訴路上的行人，天空中出現了彩虹。彩虹如此清晰，卻幾乎沒有人發現，這件事讓我感到焦急。

「請你走出去之後，抬頭看一下天空。」

走出包廂時，我對前一刻還吸著我的乳頭的客人說。客人仍然蒙著眼，沒有吭氣，但是他臉上的表情比來的時候開朗了。這件事讓我感到一絲高興，然後走回了休息室。回到休息室後，再次尋找天空中的彩虹，但彩虹已經消失了。

彩虹只出現了短暫的片刻。我閉上了眼睛，再次回想起彩虹的輪廓。

下班時，難得又和大理花一起回家。我們閒聊了一會兒，隨口問大理花：

「店長有女兒嗎？」

「女兒？我沒聽說過她有女兒。」

「今天下大雨的時候，我看到店長態度親切地和等在門口的女孩說話。」
「喔，那是向日葵的女兒。」
「向日葵？」
我沒聽過這個名字，於是重複了大理花說的話。
「咦？妳還沒見過向日葵嗎？」
「她是哪一位？」
「就是瘦瘦的，手腕上有許多……」
聽到大理花這麼說，我立刻知道了。
「就是手腕上有很多傷痕的人。」
我用平靜的聲音緩緩說道。雖然記憶有點模糊，但是我記得第一天來「乳房森林」上班時，她曾經和我分享點心。
「向日葵獨自養育女兒，但是並沒有告訴女兒，她在『乳房森林』上班。我們店的樓下不是有一家房屋仲介公司嗎？她告訴女兒，自己在那裡做內勤，所以有時候下雨，她女兒就會來接她一起回家。她女兒和店長也很熟，如果向日葵在工作，無法下樓的時候，店長就會下樓告訴她女兒說，媽媽還在忙，叫她女兒先回家。」

「原來她叫向日葵。」

「我在這家店最資深，向日葵也從初期開始，就在這裡上班了，她的年紀應該和妳差不多。」

大理花說。我想起向日葵的面容，無論如何都無法和向日葵這個花名連在一起，甚至無法順利回想起她臉上的表情。

「對啊。」

我看著天空怔怔地回答，天空中已經有幾顆星星在閃爍。

「哇，已經這麼晚了，我要去接小孩！」

大理花突然露出母親的表情說。

「明天見。」

我對著大理花的後背說，目送她豐腴的背影消失在黑暗中。

季節已經進入晚秋，差不多需要拿毛衣和圍巾出來禦寒了。楊樹的樹葉都已經染上了淡淡的色彩。夏季的那一天埋葬了小耕後，季節淡淡地繼續往前進。

那天白天的最高氣溫超過三十五度，只要家裡開冷氣，小耕就會哭鬧，我滿身大汗，打開所有的窗戶餵他喝奶。

小耕每隔一個小時就要討奶喝，半夜也一樣，我陷入了慢性睡眠不足。平時睡覺時，都會把電風扇關掉，但那天我不小心打起了瞌睡，忘了關電風扇。我和小耕一起躺在被褥上睡著了。丈夫要加班，還沒有回到家裡。

平時小耕晚上都會哭鬧，這天睡得很熟。我難得好好睡了一覺，心裡不停地稱讚小耕今天很乖。

當丈夫在黎明時分回到家時，小耕已經沒有呼吸了。我完全不知道發生了什麼事，只記得急急忙忙叫了救護車，但當我回過神時，小耕已經變成骨灰，裝在小骨灰罈中。

那段期間，我一直都在道歉，簡直就像是只會說道歉話的蟬，不停地道歉。向丈夫道歉，向父母道歉，向公婆道歉，也向小耕本人道歉。

到底錯在哪裡？我一直在思考這個問題。

別人越是勸我，說不是我的過錯，我就越覺得別人在暗中責怪我。朋友越安慰我，我越感到空虛。

我開始害怕睡覺。

每次睡覺，都只敢半睡半醒，無法好好入睡。

季節更迭，人工小河上結起了薄冰。

散步道旁的楊樹樹葉都已落盡，變得光禿禿的，腳下好像鋪著黃色的地毯。我拉著大衣的衣襟，走在原本很希望可以和小耕一起牽手走過的黃色地毯上，吐著白氣，獨自走在路上。

只有推開「乳房森林」大門的瞬間，能夠引領我走向平靜。

十二月二十四日。

街上都在熱鬧歡慶聖誕節。

我像往常一樣，上午去了「乳房森林」，店長說，今天是特別的日子，請大家吃了串燒。這一天，在我第一天上工時造訪的那名高中男生又來了。

傍晚，下班後回到家，發現玄關的燈亮著。我納悶地用鑰匙打開門走進屋內，發現丈夫已經回到家，在房間內開了暖氣，房間角落有一棵聖誕樹。那是去年我們一起去居家修繕中心為小耕買的，冷杉上掛著白色棉花和裝飾品，紅色、黃色和綠色的燈光在閃爍。

「妳回來了。」

丈夫對我說。

桌子上放著看起來像是在百貨公司地下商場買的烤雞、肉醬和沙拉。今天也是我們的結婚紀念日。當初為了避免忘記這個日子，選了平安夜。剛好兩年前，我們登記成為夫妻。

「怎麼了？」

我聽到自己這麼冷漠的聲音也感到很驚訝。那件事發生後，我和丈夫分房睡，極力避免和他接觸。

「因為是聖誕節，而且是我們的結婚紀念日。」

丈夫用無力的聲音嘀咕著。

「冰箱裡還有聖誕蛋糕。」

我聽到這句話的瞬間，立刻渾身疲憊，癱坐在沙發上。

「為什麼……」

感情的巨浪從身體深處湧現。

「什麼為什麼？」

丈夫一臉錯愕地看著我。

「我是問你為什麼要把聖誕樹拿出來！」

丈夫低頭不語。

「小耕已經不在了，為什麼還拿這種東西出來，然後還覺得高興？」

我用盡渾身的力氣吶喊。

過了一會兒，丈夫回答說：

「因為我想小耕可能會高興……」

然後，他小聲說了聲：「對不起。」

「我要睡覺了。」

我站了起來。

「等一下。」

丈夫擋住了我的去路。

「我真的很累，我覺得也無法再和你一起生活下去了。」

「什麼意思……」

丈夫說到這裡，重重地垂下了肩膀。

「我們離婚吧。」

我很久之前就想這麼做，只是一直找不到時機開口，才一直放在心裡，但是今天或許剛好可以告一段落。

「為什麼不試圖尋找走向幸福的路？」

丈夫漲紅了臉說道。

「你倒是說說，怎樣才有辦法幸福？我已經忘記了一切，忘記了以前怎麼笑，忘記了以前怎麼和別人說話，忘記了吃飯時覺得好吃的感覺，我真的想不起來。在新聞報導中看到不幸的消息，明明和我沒有關係，還是會懷疑是我的過錯。看到貨車翻覆、小孩子被車子撞到，有人在山上遇難，都會覺得是我的錯。你可能覺得我很莫名其妙，但我說的是事實，每天每天都在想，小耕為什麼會發生那種狀況，只不過想破腦袋也想不出答案，又睡不著。我已經活膩了，但沒有人來結束我的生命！」

「不是誰的錯，不是任何人的過錯。」

過了一會兒，丈夫擠出聲音說。

「小耕很努力活著，醫生也說他是猝死，沒有人怪妳。」

「但是大家都用那樣的眼神看我！」

「大家是誰？」

「就是大家啊！」

我大叫著，然後像小孩子一樣哭了起來。只有聖誕樹的燈光在客廳角落閃爍。兩年前，誰會預料到會有今天這樣的結果？

丈夫靜靜地抱著我，我久違地感受著丈夫的氣味。

然後，我向他坦承去了「乳房森林」的事，告訴他即使和他離婚，我在經濟上也沒有問題。我的意志沒有改變。

我們面對面坐在桌前，默默吃著丈夫買回來的烤雞和其他食物。果然沒有味道。店長做的烏龍麵可以順利進入身體，除此以外的食物就像長了刺一樣，如果不用力吞，就無法下嚥。

我勉強把食物放進嘴裡，丈夫注視著我。吃完飯，丈夫為我泡熱紅茶時，我悄悄把戴在左手無名指上的結婚戒指拿了下來。

新年過後。

我再度開始在「乳房森林」上班。

年假結束後，大理花一直沒來上班。她之前幾乎都和我在相同的時段上班，所以我擔心地問了店長。

「大理花怎麼了嗎？」

「她最小的孩子得了流感。」

店長若無其事地說，「她不是有好幾個孩子嗎？所以很辛苦。」

「她有幾個孩子？」

「五個。啊喲，妳不知道嗎？她老公會對她動粗，每次只要幾杯黃湯下肚，就會發酒瘋。我勸了大理花好幾次，叫她趕快離開那個老公，但她說，無法這樣輕易放下。男人和女人的關係太複雜了。她經常懷孕，但老公又經常打她，所以她流產了好幾次，只不過可能還是有感情，無法說離就離。啊啊，我又太多話了，她會生氣。」

店長說完，像女高中生一樣吐了吐舌頭。

「她老公會打她嗎？」

我的丈夫從來沒有對我動過粗。

「大理花請假，向日葵去年也畢業了，又要請新的小姐了。」

「啊？向日葵畢業了嗎？」

「咦？妳不知道嗎？她生了孩子之後，在這裡工作了十年，她可能覺得差不多了。她在沖繩遭到強暴，但是她還是生下了那個孩子，而且把孩子養育長大。」

「對了，妳好像認識她女兒？」

「才不是認識而已，我們是好朋友，超級好朋友。我很喜歡那個孩子，雖然在這麼惡劣的環境下出生，但是她的個性像太陽一樣開朗。」

店長的雙眼炯炯有神。

「那向日葵接下來有什麼打算？」

自從上次聽大理花提到她的名字後，我一直很關心她，很希望有機會和她聊天，但遲遲沒有等到機會。

「樓下不是有一家房屋仲介公司嗎？她從今年開始，真的要在那裡上班了。」

「是嗎？那也許還會再見到她。」
「是啊，妳和她這麼要好嗎？」
「我們沒有聊過天，但是我第一次來這裡時，她對我很親切。」
「原來是這樣啊。因為她很沉默寡言，大家經常以為她很陰沉，原來還曾經發生過這種事，難怪她可以教出這麼出色的女兒。」
店長自豪地說，然後又補充說：
「所以，『乳房森林』目前人手不足，也許會有點累，但要靠妳了。」
「我會努力的！」
我很有活力地說。因為只有在這裡的時候，我才會感到心情放鬆，所以我也希望可以報恩。
我使出了渾身解數努力工作。
但是，我的乳房漸漸不再腫脹，慢慢變小了。我的身體為小耕準備的母乳變成了陌生人的血肉。以前曾經那麼腫脹，現在必須用力擠乳頭，才會分泌乳汁。

這一天，我結束服務後走去休息室，店長對我說：

「櫻花，妳差不多該畢業了？」

我驚訝地看著店長。

「不是啦，如果妳想來，在妳變成老奶奶之前，我都很歡迎。但是……」

店長說到這裡，微微掀起窗簾，看著樓下。丈夫站在樓下，準備接我下班。不知道他用什麼方式查到這裡，今年開始，會配合我的下班時間來接我，但是他不會上來三樓。他明明知道我的工作內容，卻沒有制止我，只是站在一樓書店的屋簷下默默等我下樓。

時序進入三月，空氣變得溫暖。和寒冬的時候相比，白天的時間變長了，從包廂的窗戶看到的櫻花也都含苞待放。

我從樓上看著怔怔地站在那裡的丈夫，看到他頭頂上「の」字形的髮旋，想起小耕也有一模一樣的髮旋。小耕是我們相愛，終於得到的結晶。

店長走到站在窗前看著樓下的我身旁，用溫柔的聲音說：

「櫻花，這裡並不是比慘的地方，而是療癒人生的疲憊，讓人獲得重生的地方。

妳老公很優秀啊，如果妳不要他，那我就接收囉。」

店長一直默默抱著我的肩膀。

畢業那一天，我靜靜地推開了森林的門。

讓我感到懷念的氣味，原來是女人乳房的氣味，那是沒有任何稜角，可以包容一切的溫柔氣味。畢業是店長決定的儀式，辭職離去的女人，可以挑選自己喜歡的乳房，這是店長和之前一起工作的同事表達心意的餞行。

我被許許多多乳房包圍。這裡的確像是森林，雖然同是乳房，但是形狀、大小和乳頭的顏色各不相同。

我挑選了大理花的乳房。在包廂內接受服務時，我憑氣味知道那是她的乳房。因為那天在公園時，我就是撲倒在那對豐滿的乳房上盡情哭泣。

我把臉埋在大理花的乳房之間。閉上眼睛，覺得身體漸漸收縮，彷彿變回了小嬰兒。內心充滿懷念，湧起一股暖流，然後我似乎快回想起什麼重要的事。到底是什麼事？我思考著，把大理花的乳頭含在嘴裡的瞬間，立刻想起來了。

這個世界上的每一個人，都不是為了體會痛苦而來到這個世界，無論我、小耕還是大理花都一樣。

每個人是為了得到世界上所有美好的能量祝福，為了歡笑而降臨人世。

當我想到這裡，一行熱淚流了下來。淤積在我內心的悲傷，又有一小塊隨著淚水排出體外。

「不要再回來這裡了。」

這是店長的臨別贈言。

「妳回來了。」

丈夫來接我。

「我回來了。」

我帶著多重的意思，說了這句簡短的話。此刻的心境，就像是結束了漫長的旅行回到家。

我緩緩握住丈夫向我伸出的手，邁開步伐。

天色還有點亮，一彎弦月懸掛在西方的天空中。商店街傳來前一陣子流行的歌曲。

我和丈夫一起走在曾經多次和大理花一起回家的商店街，現在吐出的氣，已經不再是白色。

「有春天的味道了。」

踏進散步道後，我對丈夫說。

「嗯。」

丈夫簡短回答。左右兩側的楊樹樹梢上，已經開始吐出小小的新芽。

走著走著，天色漸漸暗了下來，路燈的白色燈光浮在黑暗中。

「你不會生氣嗎？」

我看著前方問丈夫。

「我很感謝妳。」丈夫說：「美子，我很感謝妳讓我和耕助見了面。」

「小耕。」

「嗯。」

「他是個乖孩子。」

「嗯。」

「真希望可以有更多時間和他在一起。」

「嗯。」

走在我身旁的丈夫在哭泣。他以前從來不曾在我面前流過淚，但此刻忍住了哭聲，靜靜地流著淚。

人工的小河、遇見大理花的長椅、沒有噴水的噴水池。

「重來一次吧，我們從頭開始重來一次。」

丈夫說。

「好啊。」

這次換我簡短地回答。

我一直在尋找已經離開的小耕，也對他去了遠方，再也看不到他感到絕望，但是，小耕也活在眼前眉開眼笑的丈夫內心。

希望這份悲傷的終點不再是悲傷。

我帶著祈禱的心情，牽起丈夫的手，走向回家的方向。

【致謝】

此次前往國外採訪時，承蒙風的旅行社株式會社的高嶋達也先生，以及英屬哥倫比亞州觀光局的鈴木結佳小姐的大力協助，在此表達由衷的感謝。

國家圖書館出版品預行編目資料

再見了，過去的我 / 小川糸 著；王蘊潔 譯.--
初版.--臺北市：皇冠. 2025.2 面；公分.
--（皇冠叢書；第5208種）（大賞；176）
譯自：さようなら、私

ISBN 978-957-33-4248-9（平裝）

861.57 113019370

皇冠叢書第5208種
大賞 | 176

再見了，過去的我

さようなら、私

作　　者—小川糸
譯　　者—王蘊潔
發 行 人—平　雲
出版發行—皇冠文化出版有限公司
台北市敦化北路120巷50號
電話◎02-27168888
郵撥帳號◎15261516號
皇冠出版社（香港）有限公司
香港銅鑼灣道180號百樂商業中心
19字樓1903室
電話◎2529-1778　傳真◎2527-0904
總 編 輯—許婷婷
責任編輯—黃雅群
美術設計—嚴昱琳
行銷企劃—薛晴方
著作完成日期—2023年
初版一刷日期—2025年2月

法律顧問—王惠光律師

讀者服務傳真專線◎02-27150507
電腦編號◎506176
ISBN◎978-957-33-4248-9
Printed in Taiwan
本書定價◎新台幣360元/港幣120元